RALF STRACKBEIN

Tristan Irle serviert Kalte Platte

In dieser Reihe bereits erschienen:

Tristan Irle und der Rubensmord; Tristan Irle - Eine Leiche auf der HTS; Tristan Irle - Mord Pur; Tristan Irle - Die Abseitsfalle; Tristan Irle - Das sexte Gebot; Tristan Irle und das Rathauskomplott; Tristan Irle - Der Braumeister; Tristan Irle - Gegen den Strich; Tristan Irle - Tödliche Doktorspiele; Tristan Irle - Siegener Maskerade; Tristan Irle - Eisenhart; Tristan Irle - Die Fürstenjagd; Tristan Irle - Lokalzeit; Tristan Irle - Baum fällt!; Tristan Irle - Die zitternden Tenöre; Tristan Irle - Der Killersteig; Tristan Irle - Locht ein!; Tristan Irle hat Lampenfieber; Tristan Irle und der Grabräuber; Tristan Irle - Wo ist Marlowe?; Tristan Irle - Der Bienenstich

Außerdem erschienen:
Der Billy-Code, Mord im schwedischen Möbelhaus
Wolkenmord, 12.000 Meter über Afrika

Der Autor:

Ralf Strackbein studierte Literaturwissenschaft, Politikwissenschaft und Angewandte Sprachenwissenschaft. Er beendete sein Studium erfolgreich als Master of Arts (Magister Artium). Der ausgebildete Technische Zeichner holte auf dem zweiten Bildungsweg sein Abitur nach und schrieb während des Studiums als Freier Mitarbeiter Reportagen und Filmkritiken für eine große Tageszeitung. Gegen Ende des Studiums veröffentlichte er seinen ersten Kriminalroman „Tristan Irle und der Rubensmord". Die Romanreihe umfasst mittlerweile 22 Tristan-Irle-Krimis. Der Autor lebt in Siegen.

Ralf Strackbein

Tristan Irle serviert KALTE PLATTE

Ein Siegerländer Kriminalroman

Magolves-Verlag
Siegen

www.magolves.com

Deutsche Erstveröffentlichung
1. Auflage
Oktober 2012
Magolves-Verlag, Siegen

Umschlag-Gestaltung: Michaela Herbst
Satz und Buchherstellung:
Vorländer GmbH & Co. KG, Siegen

ISBN: 978-3-935378-33-8

Das Buch wurde auf chlorfrei gebleichtem Papier gedruckt.

Zum Buch:

Das Thema dieses Krimis ist der seit Jahren von einigen Ästheten und Naturfreunden gehegte Wunsch, die Überkragung der Sieg, die sogenannte Siegplatte, abzureißen. In den letzten Jahren wurde darüber viel diskutiert und polemisiert. Was dem einen als bauliche Erbsünde vorkam, war dem anderen ein geschäftlicher Vorteil. Mir persönlich ist/war die Platte ans Herz gewachsen, weil ich es nicht anders kenne.

Bei meinen Recherchen zu diesem Buch bin ich jedoch auf Aufnahmen gestoßen, die ein offenes Siegbett zeigen.

Wow, dachte ich, was für ein schöner Anblick.

Je tiefer ich mich in die Materie einarbeitete, desto mehr wurde ich zu einem Befürworter des Umbaus. Allerdings hat das ganze Projekt einen Haken: Der Bauklotz mitten über der Sieg bleibt. Es wird damit nach den Umbauten nicht der alte, schöne Siegverlauf wiederhergestellt.

Und noch etwas, der Umbau bedeutet eine Belastung für alle Geschäfte rund um die Baustelle.

Die damit verbundenen Spannungen habe ich zum Anlass genommen, eine fiktive Geschichte zu spinnen.

Natürlich sind alle beschriebenen Charaktere erfunden. Jede Ähnlichkeit mit realen Tatbeständen, lebenden oder juristischen Personen, Örtlichkeiten, Körperschaften, Unternehmen, Gesellschaften oder Organisationen, natürlichen und übernatürlichen Hierarchien, ist rein zufällig.

Zum Schluss ein Hinweis: In diesem Buch verwende ich sogenannte QR-Codes. Mit diesen Codes ist es Smartphone-Benutzern möglich, kurze Videopassagen, die ich während meiner Recherche aufgezeichnet habe, als Hintergrundinformationen abzurufen. Dazu benötigen Sie ein App – ich benutzte z. B. ScanLife. Aber auch ohne Smartphone lassen sich auf meiner Homepage *www.magolves.com* die Videos finden.

Ralf Strackbein M.A.
Siegen, September 2012

Kreis Siegen-Wittgenstein

Übersichtskarte

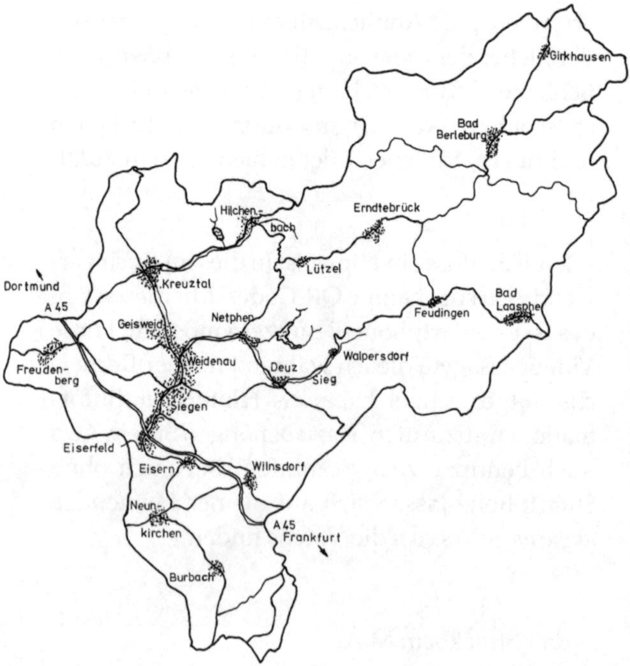

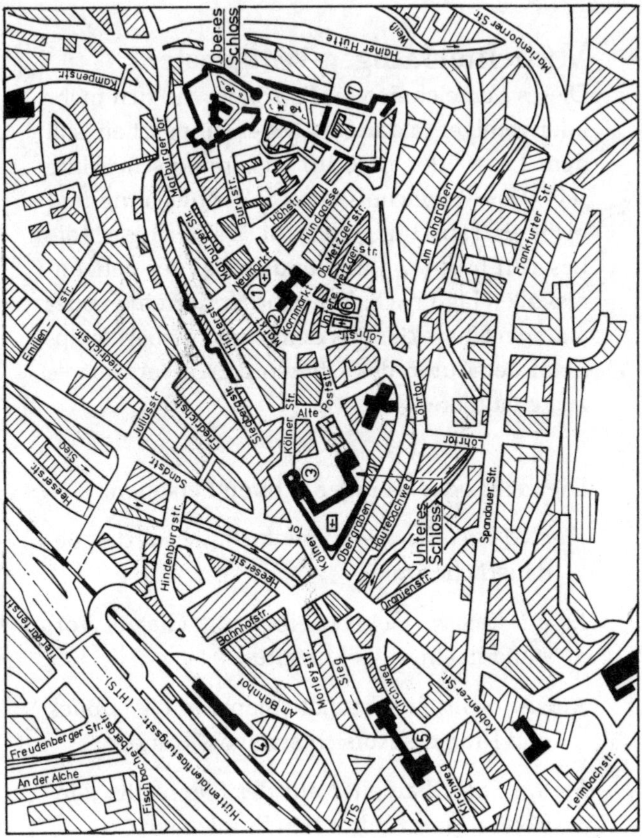

1 Nikolaikirche

2 Rathaus I und Marktplatz

3 Dicker Turm mit Glockenspiel

4 Hauptbahnhof

5 Landgericht

6 Marienkirche und Tristans Zuhause

7 Schlosspark

Vorbemerkung:

Dieses Verzeichnis von Personen, die sich mehr oder weniger in das Geschehen einmischen, soll dem Leser (der Leserin) eine praktische Hilfe sein. Das Verzeichnis ist als Vereinfachung und nicht als Täuschung gedacht. Da der Leser (die Leserin) höchstwahrscheinlich bei der geheimnisvollen Jagd nach dem Mörder den einen oder anderen Charakter aus dem Auge verliert, empfiehlt der Autor, des Öfteren dieses Verzeichnis zu konsultieren.

Die mehr oder weniger aktiven Personen:

Thea Meiswinkel, Dokumentarfilmerin, das bedauerliche Opfer.

Robert Krämer, Geldverleiher mit Glatze, Vorstand in einem Geldinstitut.

August Schuster, Geschäftsmann mit Weitblick und Krämers Aufsichtsratsvorsitzender.

Martin Funk, Bauleiter auf der Siegplatte, konfrontiert mit zahlreichen Problemen.

Bertha Schneider, ältere Geschäftsfrau in Trauer mit einem Laden an der Sandstraße.

Waltraut Schröder, Stadträtin mit Ambitionen.

Roland Rudik, Stadtbaurat mit Sorgen.

Norbert Pfeiffer, Hauptkommissar, mit einem Tatort auf einer Baustelle.

Werner Holzbaum, Kommissar, immer mit einem freundlichen Wort auf den Lippen.

Arne Affolderbach, Jungkommissar, kennt sich in sozialen Netzwerken aus.

Friedrich Büdenbender, Staatsanwalt, in gewohnt schriller Aufmachung.

Liliane Lindenberg, forensische Pathologin, wird Lil genannt, mit hervorragenden Knochenkenntnissen.

Tristan Irle, Privatdetektiv, der es mit einem hinterhältigen Täter zu tun hat.

Helga Bottenberg, Tristans Freundin, als Ersthelferin im Einsatz.

Erich Roth, Diakon der Marienkirche, liefert wichtige Hinweise.

Freddy, lassen Sie sich überraschen.

Marlowe, ein sprechender Kakadu.

1. Das Licht fiel ...

Mittwochabend

Das Licht fiel auf die Bühne, als wäre es der feuerrote Schweif eines herabstürzenden Kometen. Vor den roten Scheinwerferfiltern flimmerte die Luft, als würde sie brennen. Robert Krämer ärgerte sich. Die Farbe der Bühnenbeleuchtung entsprach ganz und gar nicht den Farben seines Geldinstitutes. Statt Feuer hätte es mehr Wasser sein können. Der Mann, dessen Kopfhaar im Laufe seines Lebens das Weite gesucht hatte, saß mit weiteren 180 Gästen im ehrwürdigen Heimhoftheater. Das kleine Theater am südlichsten Ende des Kreisgebietes Siegen-Wittgenstein hatte in den 50er und 60er Jahren seine Blütezeit erlebt, bevor es in den 70ern geschlossen wurde. Vergessen hatten es die Menschen jedoch nie. Und so war es im Siegerland eigentlich nur eine Frage der Zeit, bis engagierte Bürger einen Verein gründeten, um das historische Theater aus seinem Schlaf zu reißen. Seit einem Jahr öffnete sich nun wieder der Vorhang vor der ehrwürdigen Bühne, auf der schon Götz George gestanden hatte.

Mit einem kleinen Geburtstagsprogramm feierte man das Einjährige. Das war auch der Grund, warum Robert Krämer einen Freitagabend opferte. Als Vorstand vertrat er die Eigentümer des Geldinstitutes, deren Geld als Spende bei der Wiederherstellung des Gebäudes geholfen hatte. Es gab mehrere Geldinstitute, die finanziell zum Neuanfang beigetragen hatten. Die anderen Bankbosse waren auch anwesend, deshalb stand er nicht allein im Mittelpunkt. Das ärgerte den professionellen Geldverleiher. Normalerweise waren Gespräche mit den Spendenempfängern ein wahres Vergnügen. Krämer konnte jeden Unsinn von sich geben und bekam dennoch von seinen Zuhörern sozusagen auf die Schulter geklopft. Und Krämer konnte eine Menge heiße Luft ausblasen. Das Dumme war nur, er selbst glaubte zu parlieren.

Da zwei Sitze weiter die lieben Mitbewerber saßen, würde sich Krämer heute zurückhalten müssen. Für seine Zuhörer eine Befreiung. Für Krämer bedeutete das einen verlorenen Abend, an dem er seine Mitmenschen nicht mit seinen Ansichten beglücken konnte.

Links neben ihm saß Oberstaatsanwalt Friedrich Büdenbender. Der dandyhafte Büdenbender gab auch an diesem Abend alles, um seinem Ruf gerecht zu werden. Statt dem gängigen Dresscode zu folgen, hatte sich der Staatsanwalt für einen weißen Anzug entschieden. Dass er die passenden Schuhe dazu trug, ebenfalls in Weiß, zeigte eine Entschlossenheit, die ihn in seinem Berufsleben auszeichnete. Man sollte sich jedoch davor hüten, seine leicht abgedrehte Art, seine Gesten, die ans Theatralische grenzten, und seine Stimme, die klang, als würde er gleich einen hysterischen Anfall bekommen, misszuverstehen. Der Mann konnte äußerst gefährlich werden, wenn man ihn reizte. Und momentan fühlte sich Büdenbender von seinem rechten Sitznachbarn gereizt. Um sich seine extravagante Kleidung leisten zu können, benötigte er ein gut gefülltes Portemonnaie. Leider hatte der Mann neben ihm dafür gesorgt, dass das Portemonnaie, nun sagen wir mal, nicht mehr so dick auftrug, wie Büdenbender sich das wünschte. Nur der seit einigen Tagen geltende Urteilsspruch gegen Krämers Geldinstitut tröstete ihn ein wenig. Es bestand die berechtigte Hoffnung, sein verloren gegangenes Geld zurückzubekommen.

Plötzlich wurde es still im Saal und der Staatsanwalt blickte auf.

Der Vorsitzende des Fördervereins betrat die Bühne und hielt ein Mikrofon in der Hand. Der Mann wippte unruhig von einem Fuß auf den anderen. Seine linke Hand krallte sich um das Mikrofon, das er langsam zum Mund führte.

»Seien Sie herzlich willkommen«, rief er in den Saal.

Die Pegelanzeige des Mikrofonmischpultes schoss in die Höhe. Der junge Tontechniker am Mischpult reagierte zu langsam. Das Signal jagte unkontrolliert durch das Mischpult den Lautsprechern entgegen. Die begannen zu vibrieren und gaben krächzende Geräusche von sich. Die Kakofonie hatte nun auch den letzten Gast geweckt. Der Vorsitzende genoss die volle Aufmerksamkeit des Publikums.

»Oh, ich sollte das Mikrofon nicht so nah am Mund halten«, murmelte er verlegen.

Dann begann er seine Rede.

Hinter der Bühne hatte die Geräuschbombe Chaos hinterlassen.

Weiße Federn segelten durch die Luft auf einen am Boden liegenden Mann.

»Ist er fort?« zischte Norbert Pfeiffer, während er langsam seine kauernde Haltung aufgab.

»Jetzt stellen Sie sich nicht so an«, fluchte Tristan Irle, der eine goldene Halbbrille vom Boden aufnahm.

»Das war ein tätlicher Angriff«, schnaufte Pfeiffer und rappelte sich langsam auf. »Wissen Sie, Irle, dafür könnte ich Sie verhaften!«

Norbert Pfeiffer, von Beruf Hauptkommissar, richtete seine Nickelbrille und klopfte sich die Hosenbeine sauber.

»Bei diesem plötzlichen Krach sind wir ja auch zusammengezuckt«, brummte Tristan Irle, von Beruf Privatdetektiv und damit sozusagen der natürliche Feind eines Polizeibeamten.

»Dieser gemeinsame Auftritt ist überhaupt keine gute Idee«, knurrte Pfeiffer und sah sich ängstlich um.

»Ich habe damit nichts zu schaffen«, konterte der Privatdetektiv. »Von mir aus wäre ich auch allein aufgetreten.«

»Allein?! Ha, Sie haben Ihren Kampfvogel wohl schon abgeschrieben!« Das erinnerte den Hauptkommissar daran, dass irgendwo über ihren Köpfen ein weißes Etwas Schutz gesucht hatte.

»Jetzt geben Sie meinem Kakadu nicht die Schuld. Marlowe tut keiner Fliege etwas zu Leide.« Tristan setzte die Brille auf und sah sich um. »Sehen Sie ihn?«

Die Bühne des Heimhoftheaters war nicht besonders groß. Allerdings war das alte Theater in einer Zeit erbaut worden, in der das Handwerk noch nicht von geradliniger Industrieproduktion abgelöst worden war. Soll heißen, es gab eine Menge kleiner und großer Nischen sowie Ecken hinter der Bühne. Zudem mussten auf engstem Raum Beleuchtung und Tonanlage untergebracht werden. Über den Köpfen der beiden Männer herrschte ein Labyrinth von Traversen und Kabelsträngen. Genügend Stellen, an denen sich ein aufgeschreckter weißer Kakadu verstecken konnte.

»Wenn Sie den Vogel nicht schnell finden, dann wird der Auftritt ein Desaster«, maulte Pfeiffer.

»Das ist mir bewusst«, antwortete Tristan schnippisch.

Eine wirklich durchgeknallte Idee, zusammen mit einem Vogel aufzutreten, dachte unterdessen der Hauptkommissar.

Die Idee zu diesem Auftritt hatte Pfeiffers oberster Dienstherr. Landrat Otto Otterbach fand es angebracht, dass sich die Polizei an dem kulturellen Leben im Kreis beteiligen sollte. Neben all den hoheitlichen Aufgaben ergaben sich für die Polizei jedoch kaum Gelegenheiten, dies sinnvoll in die Tat umzusetzen. Ein gemeinsamer Auftritt mit dem bekanntesten Privatdetektiv im Kreisgebiet schien da wie die Faust aufs Auge zu passen. Pfeiffer und Irle kannten sich jetzt schon einige Jahre und hatten gemeinsam spektakuläre Fälle gelöst. Leider hatte das die Rivalität der beiden Männer nicht gemindert. Und darüber hinaus hatte Pfeiffer dem weißen Kakadu gegenüber ein eher ambivalentes Verhältnis.

Tristan Irle war ein Mann in den besten Jahren. Er trug eine modische mit Rauten versehene Strickjacke und darunter ein weißes Hemd, das in einer schwarzen Jeanshose steckte. Schwarze Schnürschuhe rundeten das Outfit ab. Anders als der wieselige Hauptkommissar Pfeiffer, an dessen Körper ein Anzug traurig herabhing, schien der Privatdetektiv gut genährt zu sein. Ein kleiner Bauchansatz spannte die Strickjacke, aus deren Tasche er nun eine Tüte Kekse nahm.

»Sie wollen den Vogel bestechen?« wunderte sich Pfeiffer.

»Nicht bestechen, Herr Pfeiffer, heranlocken.«

»Ist die Teufelsbrut so einfach zu manipulieren?« staunte der Hauptkommissar.

»Nun ja, es müssen frische Kekse sein und dann bevorzugt er eine gewisse Marke.« Tristan zeigte Pfeiffer die Verpackung.

»Sie behaupten, der Vogel kann frische Kekse von, nun sagen wir, älteren Keksen unterscheiden?!« Der Hauptkommissar grinste abfällig.

»Nun, zuerst einmal, der Vogel ist ein Kakadu, also sagen Sie nicht immer Vogel, das klingt abwertend. Und zum Zweiten, warum denken Sie, sind wir wohl heute Abend hier?«

Tristan raschelte mit der Tüte.

Über ihren Köpfen bewegte sich etwas.

»Ich dachte ... «, begann Pfeiffer, dann streifte ihn der weiße Kakadu am Kopf, worauf seine Nickelbrille davonflog und der Hauptkommissar zum zweiten Mal an diesem Abend zu Boden ging.

Marlowe umkreiste Tristan in einer steilen Flugkurve. Der Detektiv hielt ihm reflexartig seinen rechten Arm hin, worauf Marlowe geschickt landete.

Der Kakadu sträubte seinen roten Kamm und brabbelte:

»Der Ritter Fips beschloss verwegen, / ein Ungeheuer zu erlegen.«

Pfeiffer tastete nach seiner Nickelbrille, fand sie und setzte sie auf. Dann blickte er zu ihnen hoch und knurrte: »Ich dachte, wegen seiner Sprachkenntnisse wären wir hier!«

2

Zur gleichen Zeit, etwa 20 Kilometer weiter nördlich in Siegen, verlor Bauleiter Martin Funk seine über die Jahre angeeigneten Sprachkenntnisse von einem Augenblick zum andern. Ein Caterpillar-Kettenbagger hatte vor einer Minute seinen Ausleger, an dessen Ende ein Hydraulikhammer befestigt war, auf den Boden der Siegplatte gesenkt. Als der Bürgermeister der Stadt Siegen mit seiner Hand das verabredete Zeichen gab, schlug der Meißel des Hydraulikhammers mit 400 Schlägen pro Minute auf den Beton ein. Der aufbrausende Lärm war ohrenbetäubend.

Die Anwesenden fassten sich fast synchron mit den Händen an die Ohren. Bauleiter Funk gestikulierte und gab zu verstehen, dass man sich von diesem Höllenlärm entfernen sollte. Der Bürgermeister nickte und folgte dem Bauleiter. Die Ehrengäste sowie die Vertreter der Presse ließen sich ebenfalls nicht lange bitten, und so zog die kleine Gruppe über die Siegplatte in Richtung Bahnhofsbrücke.

In den 60er Jahren des letzten Jahrhunderts hatten die Stadträte beschlossen, mehr Parkfläche in der Innenstadt zu schaffen. Da man damals von Parkhäusern wohl noch nichts gehört hatte und der Bauplatz durch das schmale Siegtal sehr begrenzt war, kam man auf die Idee, den

Fluss mit einer Betonplatte zu überdecken. Die so entstandene Parkfläche schaffte Platz für 200 Autos. Nach fast 50 Jahren sollte diese Bausünde nun beseitigt werden.

»Was für ein Lärm!« rief der Bürgermeister, nachdem sie den Bagger hinter sich gelassen hatten.

»Das wird die nächsten Wochen zu hören sein«, brüllte Martin zurück.

»Lässt sich das nicht ändern?« erwiderte der Bürgermeister, der in Gedanken die Telefonleitungen im Rathaus glühen sah.

»Nein, das lässt sich nicht ändern«, antwortete Martin.

»Dass es so laut würde, hätte ich nicht gedacht«, brummte der Bürgermeister.

»Das ist Beton! Den bekommt man nur mit bloßer Gewalt zerstört«, erklärte Martin.

»Werden die Bauarbeiten während der Nacht weitergeführt?« fragte ein Journalist.

»Oh nein«, antwortete Martin. »Wir haben diesen Termin aus organisatorischen Gründen auf den Abend legen müssen.«

Die Gruppe erreichte einen Container, der neben der Bahnhofsbrücke aufgestellt war. Dieser Container, auch Bauhütte genannt, würde für die nächsten drei Jahre so etwas wie die Kommandozentrale für die Bauarbeiten sein. Von Juli 2012 bis Mai 2015 würde sie zudem als Anlaufpunkt für gestresste Anwohner dienen. Die anstehenden Baumaßnahmen krempelten die komplette Siegener Innenstadt um. Geschäftsleute, Stadtbewohner und Stadtbesucher würden mit den Veränderungen zurechtkommen müssen. Einen direkten Ansprechpartner vor Ort zu haben, bedeutete für den Bauherrn Kontrolle. Ach ja, die Stadt war der Bauherr, also letztendlich der Bürgermeister. Und wie alle Politiker wollte der Mann auch nach den Bauarbeiten wieder gewählt werden. Wenn also Martin Funk seinen Job gut machen würde, dann würden auftretende Schwierigkeiten im Keim erstickt werden. Negative Presse, so die Hoffnung des Bürgermeisters, blieb ihm dann vielleicht erspart.

Hinter ihnen brach das erste Stück der Siegpatte in die Sieg. Flusswasser spritzte hoch. Dann wurde es plötzlich still.

Die Leute drehten sich nach dem Bagger um. Der Journalist, der zuvor nachgefragt hatte, ob die Nacht durchgearbeitet werden würde, rief: »Ah, verstehe. Das habt ihr nur für uns inszeniert.«

Der Bürgermeister blickte verdutzt zu dem Medienvertreter, dann zu Martin Funk. Der Bauleiter achtete jedoch nicht auf den Politiker. Er schaute zu dem Bagger. Die Arbeiter hatten keineswegs den Befehl, nach einer halben Stunde aufzuhören. Funk versuchte zu erkennen, ob der Hydraulikmeißel eventuell einen Schaden genommen hatte.

»Da winkt ein Mann«, bemerkte der Bürgermeister. »Hat jemand etwa seine Kamera liegen gelassen?«

Die Journalisten lachten, und ein paar sahen nach, ob sie wirklich nichts liegen gelassen hatten.

»Das sieht so aus«, grübelte einer der Ehrengäste, »als ob wir zurückkommen sollten?«

Martin Funk hörte gar nicht zu. Der Ingenieur konzentrierte sich auf den Bagger. Erst als er vom Bürgermeister angesprochen wurde, bemerkte auch er den winkenden Mann.

»Sie sollten sich das mal ansehen«, meinte das Stadtoberhaupt.

»Ja, das werde ich«, antwortete Funk nachdenklich und marschierte schnell auf den Bagger zu.

Das fängt ja schon gut an, dachte Martin.

Unterdessen stieg der Baggerführer aus seinem Bagger und ging zur Abbruchkante.

»Was soll denn das?!« fluchte Martin und beschleunigte seine Schritte. Nur nicht laufen, dachte er, das wirkt unprofessionell.

Martin Funk war körperlich in Bestform. Der Mittdreißiger lief jeden Morgen eine halbe Stunde durch den Wald und besuchte zweimal pro Woche ein Fitnessstudio. Der Wille, sich zu schinden, zahlte sich aus. Als er endlich die Abbruchkante erreichte, hatte sich sein Puls kaum erhöht.

»Was ist hier los?« fragte er den Baggerführer und blickte in die Sieg. Im Flussbett standen zwei Arbeiter, von denen einer rief: »Boss, das hier sollten Sie sich mal ansehen.«

Martin sah sich nach einem Abstieg um.

»Die Leiter steht da hinten«, rief der Arbeiter und deutete flussaufwärts.

Martin nickte und rief: »Wenn das nicht wichtig ist, Männer!«

»Entscheiden Sie selbst«, hörte er den Arbeiter zurückrufen.

Martin fand die Leiter und kletterte hinunter.

Der Arbeiter wartete bereits am Fuß der Leiter.

»Gut, dass ich meine Stiefel anhabe«, knurrte Martin. »Ist ein Teil des Meißels abgefallen?«

»Nee, Boss, kommen Sie«, forderte der Arbeiter auf.

Sie gingen einige Meter am Rand des Flussbettes in Richtung Abbruchkante.

»Oh, was stinkt denn hier so?« fragte Martin und hielt sich die Hand vor den Mund.

»Na ja, das will ich Ihnen jetzt zeigen«, antwortete der Mann und deutete mit dem Zeigefinger nach oben. »Sehen Sie selbst!«

Martin Funk sah hinauf.

»Oh, mein Gott!« schrie Martin und wandte sich ab.

3

»Also können wir jetzt?« fragte Hauptkommissar Pfeiffer, der den Auftritt so schnell als möglich hinter sich bringen wollte.

»Ja, wir sind soweit«, nickte Tristan und kraulte Marlowe die Brust.

Sie standen hinter dem Vorhang und hörten den Vorsitzenden immer noch reden.

»Wie lange dauert das noch?« zischte Pfeiffer und deutete auf den Vorsitzenden, der bereits seine versprochenen fünf Minuten Redezeit überschritten hatte.

»Keine Ahnung«, erwiderte Tristan.

Ein Bühnenmitarbeiter flüsterte hinter ihnen: »Er ist gleich fertig!«

In der Tat schien der Vorsitzende zum Ende seines Grußwortes zu kommen. Schließlich hörten sie ihn sagen: »Nun genug der Worte, lassen wir die Show beginnen. Begrüßen Sie unsere Gäste, Tristan Irle und sein bemerkenswertes Haustier, Marlowe!«

Das Publikum applaudierte und der Vorhang öffnete sich langsam.

»Was ist mit mir?!« motzte Pfeiffer.

Plötzlich standen die Männer im Rampenlicht.

»Einen wunderschönen guten Abend«, grüßte Tristan.

»Auch von mir einen wunderschönen guten Abend«, wiederholte Pfeiffer und grinste.

»Mein Name ist Tristan Irle und der weiße Kakadu ist Marlowe«, sagte der Detektiv.

»Und ich bin Norbert Pfeiffer, Hauptkommissar bei der Mordkommission.«

Das Publikum beobachtete die beiden Männer erwartungsvoll. Staatsanwalt Büdenbender grinste beim Anblick Pfeiffers. Er konnte sich gut vorstellen, dass der nervige Polizist jetzt gerne an einem Tatort weilen würde, statt mit seinem Rivalen auf einer Bühne zu stehen.

Plötzlich klingelte ein Handy.

Auf der Bühne starrte Pfeiffer zu Tristan und schüttelte den Kopf.

Jeder Theaterbesucher sollte doch wissen, dass man das Handy ausschaltet oder zumindest auf Vibrationsalarm wechselt, dachte der Hauptkommissar.

Der Detektiv hielt Marlowe auf dem rechten Arm. Dummerweise befand sich sein Handy in der rechten Strickjackentasche. Der Detektiv hatte einfach nicht daran gedacht es auszuschalten. Er war vor dem Auftritt viel zu aufgeregt gewesen. Hektisch griff Tristan mit der linken Hand in seine Strickjackentasche. Mit jeder Sekunde, die verstrich, wurde die Situation peinlicher. Plötzlich begannen zwei weitere Handys ihren Besitzern lautstark mitzuteilen, dass sie da jemand zu sprechen wünschte.

Dieses Mal zuckte Pfeiffer zusammen und im Publikum war es Büdenbender, der hastig sein Handy suchte.

Marlowe sträubte seinen Kamm, imitierte einen der Klingeltöne und brabbelte dann: »Wie oft wohl sag ich: Es ist hässlich, / Ist unanständig, roh und grässlich. / Ich bitt und flehe: Lasst es sein, / Denn es ist sündlich. Aber nein!«

Das Publikum lachte und applaudierte.

Unterdessen hatte Büdenbender sein Handy am Ohr und was er hörte, beendete augenblicklich Pfeiffers und Tristans Auftritt.

Er stand auf und rief: »Entschuldigen Sie die Störung, das ist ein Notfall. Herr Irle und Herr Pfeiffer, folgen Sie mir bitte.«

Tristan hatte den Anruf weggedrückt, das Gleiche hatte Pfeiffer versucht, aber stattdessen den mp3-Player aktiviert, was seine Jacketttasche zu einer Musikbox werden ließ. Das plötzlich aufbrausende Geraune übertönte den Songtext „An Tagen wie diesen" von den Toten Hosen.

Büdenbender zwängte sich durch die Reihe zum Ausgang. Tristan und Pfeiffer verließen die Bühne über den Bühnenausgang, während der Bühnenmitarbeiter geistesgegenwärtig den Vorhang fallen ließ.

Eine warme Abendbrise empfing die beiden, als sie das Theater verließen. Pfeiffer grapschte nach seinem Handy und stellte den Player aus.

»Das war Holzbaum«, sagte er, als er die Telefonnummer des nicht angenommenen Anrufs las.

Tristan ließ sein Handy stecken und sah zu Staatsanwalt Büdenbender, der in seinem weißen Anzug aus dem Foyer auf sie zueilte.

»Das ist nicht gut«, murmelte Tristan und setzte Marlowe auf seine Schulter.

»Auf, Leute, wir müssen zurück nach Siegen! Eine Leiche wurde unter der Siegplatte gefunden«, rief Büdenbender. General Georg Armstrong Custer hatte ähnlich geklungen, als er am Little Big Horn seine 7. US-Kavallerie in den Kampf schickte. Wie man weiß, ging es schlecht für den General aus.

Vor dem Theatereingang gab es nur wenige Parkplätze. Die hatte man für die VIP-Gäste reserviert, wozu auch die auftretenden Künstler gehörten. Ein Schmuckstück von Oldtimer stand neben einem deutschen Sportwagen und einer Limousine.

Büdenbender betätigte seine Schlüsselfernbedienung und der schnittige Sportwagen blinkte ihm zu.

»Kleines Wettrennen, meine Herren?!«

»Das tue ich meinem Borgward nicht an!« Tristan öffnete langsam die Fahrertür seines Oldtimers.

»Die Kiste ist in die Jahre gekommen, was?!« höhnte der Staatsanwalt.

»Deshalb nennt man sie ja Oldtimer«, erwiderte der Detektiv und setzte Marlowe auf eine Stange, die zwischen den Sitzen extra für den Kakadu angebracht worden war.

»Was ist mit Ihnen, Pfeiffer?« rief Büdenbender über den Parkplatz.

»Irgendwelche Einschränkungen?« hakte Pfeiffer nach.

»Es sollte keinen Unfall geben«, überlegte der Staatsanwalt.

»Akzeptabel!« nickte Pfeiffer und hüpfte hinter das Lenkrad.

4

Liliane Lindenberg, promovierte Pathologin, starrte auf den herausgebrochenen Teil der Siegplatte. Neben ihr stand Kommissar Werner Holzbaum, ein schwergewichtiger Mann mit freundlichem Bulldoggengesicht. Die Pathologin trug einen blauen Overall und mintgrüne Gummistiefel. Ihr brünettes Haar hatte sie zu einem Pferdeschwanz zusammengebunden. Kommissar Holzbaum war wie immer gekleidet. Ein schlichter Straßenanzug, Hemd, aber keine Krawatte. An seinen Füßen leuchteten allerdings neongelbe Gummistiefel. Beide standen in der Sieg unterhalb der Abbruchkante.

»Der Beton sieht doch noch gesund aus«, meinte Lil zu Holzbaum.

»Davon verstehe ich nichts«, antwortete der Kommissar.

»Ich eigentlich auch nicht, aber nach der Oberfläche und der Farbe des Betons zu urteilen, scheint der noch ganz intakt zu sein. Was man von dem armen Geschöpf dort oben nicht behaupten kann.«

Lil blickte zu dem Kommissar und fragte ungeduldig: »Herr Holzbaum, wann bekommen wir die Scheinwerfermasten aufgestellt?«

»Das THW müsste jeden Moment hier auftauchen«, antwortete Holzbaum und vermied es, nach oben zu sehen.

»Ist das Ihre erste Leiche?« Lil schien das Unbehagen des Kommissars zu spüren.

»Nein«, brummte Holzbaum. »Allerdings ist es die erste Leiche, deren Körper nur zur Hälfte mit Fleisch bedeckt ist.«

»Ja, das kann einem schon den Appetit versauen«, schmunzelte Lil und blickte auf den Torso, der zwischen einem der Längsträger eingeklemmt über ihnen hing. »Besonders der von Ratten bearbeitete Schädel mit seinen toten Augenhöhlen! Sowas schockiert die Menschen immer wieder.«

»Woher wollen Sie wissen, dass es Ratten waren, die das Gesicht ...«, Holzbaum musste würgen.

»... die das Gesicht aufgefressen haben? Nun, sehen Sie mal da rüber!« Lil deutete auf das andere Ufer.

Zwei Ratten streiften über das begrünte Ufer.

»Rattus rattus, die gewöhnliche Hausratte. Ich denke, die haben noch ein paar Verwandte ganz in der Nähe.«

»Aber, wie kommen die bis da oben hin?« wunderte sich Holzbaum.

Lil deutete mit dem Zeigefinger den Weg an. »Über den Stahlträger, der Brüstung entlang und dann da rüber. Die Nager sind echte Kletterkünstler. Aber Sie sollten sich vielmehr fragen, wie die Leiche da hoch gekommen ist!«

Zirka vier Meter maß der Abstand zwischen Flussbett und Unterkante Platte. Die Platte lag auf

Querträgern, die nochmals einen halben Meter dick waren. Das reduzierte den Abstand zum Flussbett um einen halben Meter. Unter den Querträgern hatten die Ingenieure schwere Eisenprofile anbringen lassen, zwischen denen sich die Leiche verhakt hatte. So blieb bis zum Flussbett immer noch eine Höhe von knapp drei Metern.

»Nun, hinaufgesprungen ist sie wohl nicht«, antwortete Holzbaum.

»Lassen Sie uns das Flussbett verlassen«, mahnte Lil.

Während die letzten Sonnenstrahlen hinter den Bergen des Siegerlandes verschwanden, drang das schwache Licht der Dämmerung nicht mehr zu ihnen hinunter. Es war schlagartig dunkel geworden.

Holzbaum folgte der Pathologin an das Ufer. Die ersten Fledermäuse begannen unter der Platte zu jagen. Dabei ließen sie sich von den beiden Menschen nicht stören. In wilden Flugmanövern schossen die Fledermäuse an ihren Köpfen vorbei.

»Das ist unangenehm«, bemerkte Lil und schlug in die Luft.

»Treten Sie näher an mich heran«, schlug Holzbaum vor, der die zierliche Pathologin um zwei Köpfe überragte.

Lil grinste und folgte dem Rat.

Über ihnen rumpelten schwere Lastkraftwagen heran. Kurz darauf hörten sie, wie Männer Befehle riefen.

»Hallo Kommissar! Passen Sie auf, wir lassen den ersten Mast herab!«

Unter der Platte näherten sich den beiden tanzende Scheinwerferkegel. Ein Lichtstrahl erfasste sie. Und wenige Augenblicke später standen die Männer des THW neben ihnen. Sie begannen, die herabgelassenen Scheinwerfermasten aufzubauen.

Zu diesem Zeitpunkt preschte Hauptkommissar Pfeiffer über Reichwalds Ecke, eine Kreuzung, die nahe der Siegplatte lag. Er glaubte, Staatsanwalt Büdenbender hinter sich gelassen zu haben. Ungeachtet weiterer Verkehrsregeln bog er in die Gebrüder-Busch-Straße, ignorierte den Gegenverkehr und kam schließlich nahe der Abrisskante zum Stehen.

Er sah sich nach Büdenbender um und grinste, als er das Fahrzeug des Staatsanwaltes nirgends fand.

Mit schnellen Schritten eilte er zu den Bauarbeitern, die neben einem Bagger standen.

»N'abend«, rief er den Männern zu und zückte seinen Ausweis.

»Ihr Kollege ist da unten«, sagte einer der Männer und deutete auf den Fluss.

»Wie komme ich da runter?« Der Polizist sah sich nach einer Leiter um.

»Oh, da müssen Sie rüber zum Parkhaus an der Heeserstraße gehen. Dort führt ein Weg unter die Platte«, erklärte der Mann.

»Dahinten?!« wunderte sich Pfeiffer. »Gibt es keine Leiter?«

»Nee, die mussten wir von der Bruchkante nehmen. War wegen der Lichtmasten zu gefährlich«, erklärte der Bauarbeiter.

Pfeiffer stieß einen scharfen Atemzug aus und machte sich auf den Weg.

Die Platte spannte sich von der Hindenburgbrücke bis zur Siegbrücke. Er stand ungefähr in der Mitte. Der Zugang zum Fluss lag hinter dem Parkhaus an der Heeserstraße, das machte knapp einen halben Kilometer Fußmarsch. Hätte er das gewusst, wäre er statt nach links in die Gebrüder-Busch-Straße nach rechts in die Heeserstraße abgebogen. Pfeiffer hatte sich wieder einmal selbst überlistet.

Er war wie eine Motte auf das helle Licht zugerast, ohne nachzudenken. Von Kopfarbeit hielt der quirlige Beamte äußerst wenig. Er empfand sie in den meisten Fällen als Zeitverschwendung. Was musste man auch viel überlegen, wenn man zum Beispiel an einem Tatort auf einen Menschen traf, der ein Messer in der Hand hielt, während vor ihm ein anderer Mensch in einer Blutlache lag. Da könnte der Mann sogar eine Uniform anhaben, die ihn als einen Kollegen Pfeiffers identifizierten würde, für den Hauptkommissar spielte das nur eine untergeordnete Rolle. Pfeiffer liebte es, mit der Kraft einer Dampflokomotive auf seine Gegner zuzurasen.

Jetzt beschlich ihn das Gefühl, das Rennen mit Büdenbender doch verloren zu haben. Er legte einen Schritt zu und erreichte das Parkhaus. Hinter dem Parkhaus führte ein geteerter Abhang zum Fluss. Pfeiffer bog um die Ecke und fluchte. Büdenbenders Auto stand direkt vor einem Pfeiler und daneben parkte Tristans Borgward Cabriolet.

Geschlagen von einem Oldtimer, dachte er und setzte deprimiert seinen Weg fort.

Die hellen Scheinwerfer waren von Weitem zu sehen. Außerdem hatten die Kollegen den Bereich unter der Platte großräumig abgesperrt. Als der Hauptkommissar endlich an der Fundstelle ankam, verlor das Rennen seine Bedeutung. Staatsanwalt Büdenbender hielt sich ein Taschentuch vor den Mund. Neben ihm erkannte Pfeiffer einen äußerst bleichen Siegener Bürgermeister. Der Polizist konnte nicht erkennen, ob der blasse Teint vom grellen Licht der Scheinwerfer oder von einem Magenleiden stammte. Pfeiffer grüßte den Bürgermeister und erkannte etwas entfernt seinen Partner Werner Holzbaum. Tristan Irle blickte unterdessen nachdenklich hinauf zur Betondecke. Der Hauptkommissar ging zu Holzbaum und fragte: »Was ist hier passiert?«

»Sieh mal nach oben«, antwortete Holzbaum.

Die THW-Männer hatten ein Gerüst aufgestellt, das bis zur Unterseite der Platte reichte.

Eine zierliche Frau mit Pferdeschwanz stand auf dem Gerüst und versperrte ihm die Sicht.

»Wer ist das?« Pfeiffer verdrehte seinen Kopf, um besser sehen zu können.

»Doktor Liliane Lindenberg. Sie ist Pathologin«, erklärte Holzbaum.

Pfeiffer nickte und wechselte den Standort. Er ging zu Tristan.

»Und wo haben Sie Ihren Vogel gelassen?« fragte Pfeiffer.

»Er sitzt im Auto«, antwortete der Detektiv, ohne den Hauptkommissar anzusehen.

»Also, was ist denn da oben so interessant?« brummte Pfeiffer und hatte zum ersten Mal ein freies Blickfeld. »Oh, mein Gott!« stieß er aus und wandte sich ab.

»Alles in Ordnung?« fragte Holzbaum.

Pfeiffer nickte, fing sich wieder und fragte: »Weshalb ist Irle hierher gerufen worden?«

Holzbaum zog ein Plastiktütchen aus seiner Jacketttasche. Es war eines jener transparenten Plastiktütchen, die in Krimis gerne mal in die Kamera gehalten werden, weil das so schön nach spannender Ermittlung aussieht. Er reichte es Pfeiffer.

»Eine Visitenkarte?!« Pfeiffer starrte seinen Partner an.

»Ja, aber lies mal, wem die gehörte!«

Pfeiffer hielt das transparente Tütchen ins Licht und las.

5

August Schuster stand im Flur des obersten Stockwerkes seines Bürohauses und blickte aus dem Fenster. Das Gebäude, das sein Vater nach dem Krieg bauen ließ, stand gleich neben der Sparkasse am Scheinerplatz. Es war kaum zu übersehen, da es eines der großen Privatgebäude in der Innenstadt war. August Schuster hatte einen langen Arbeitstag in seinem Büro verbracht und sehnte sich nach einem guten Glas Rotwein. Das laute Hämmern des Hydraulikmeißels war sein Aufbruchzeichen gewesen. Dieses Hämmern, so musste er schmerzlich zugeben, bedeutete auch, dass er endgültig den Kampf gegen die Umgestaltung der Innenstadt verloren hatte. Schuster hatte gerade die Bürotür abgeschlossen, als das Hämmern aufhörte. Neugierig war er zum Flurfenster getreten. Von dort verfolgte er jetzt eine geschlagene Stunde lang das Treiben auf der Siegplatte.

Licht flackerte entlang der Gebrüder-Busch-Straße nach und nach in den Straßenlaternen auf, während der Großteil der Siegplatte im Dunklen blieb. Nur ein Bereich auf der Platte, dort wo der Bagger stand, den Schuster beobachtete, wurde dank großer Scheinwerfermasten ausgeleuchtet.

»Was machen die da!?« fragte er sich und murrte gleich hinterher: »Ach, ich will es gar nicht wissen.«

Da das Siegbett von der Siegplatte verdeckt wurde, konnte Schuster aus seinem Fenster von den Aktivitäten unterhalb der Platte gar nichts erkennen.

Der Geschäftsmann sah in sein Spiegelbild in der Fensterscheibe.

Schuster war jetzt Anfang 60. Sein graues Haar wuchs nicht mehr so dicht wie noch vor zwanzig Jahren. Die ersten Altersflecken bildeten sich an den Schläfen und an den Händen. Den runden Bauch konnten auch die maßgeschneiderten Anzüge nicht mehr kaschieren. Zudem benötigte er zum Lesen eine Brille. Die Lesebrille schob er sich auf den Kopf, wenn er sie nicht brauchte. Im Spiegelbild schimmerte der Stahlrahmen seiner Brille zwischen seinen Haaren.

»Außerdem werde ich vergesslich«, knurrte er und zog die Brille vom Kopf.

Schuster hatte den Bürgermeister deutlich in der kleinen Gruppe erkennen können, die sichtbar aufgeschreckt Richtung Parkhaus in die Heeserstraße marschiert war. Dort, so wusste es Schuster, ging es über einen Zugang runter zum Siegbett. Er fragte sich, was den Bürgermeister dazu antrieb, hinab in die Sieg zu steigen. Der Mann war nämlich sein Feind. Dem Stadtoberhaupt war es zu verdanken, dass Schuster um seine Existenz bangte. Der Geschäftsmann betrieb im Erdgeschoss einen Laden. Mit dem Verlust von 200 Parkplätzen direkt vor der Haustür verlor er einen wichtigen Standortvorteil, den seine Kunden immer schätzten: ein kurzer Weg vom Parkplatz ins Geschäft. Das sahen andere Ladenbesitzer, die ihre Geschäfte rund um die Siegplatte hatten, genauso. Sie hatten sich zu einer Interessengruppe zusammengeschlossen und August Schuster als ihren Sprecher gewählt. Mit Schuster glaubten die betroffenen Geschäftsleute den richtigen Mann gefunden zu haben, denn er war auch Aufsichtsratsvorsitzender einer der genossenschaftlichen Banken im Kreisgebiet. Doch all seine Verbindungen und seine mit Expertisen untermauerten Befürchtungen verhinderten nicht den Abriss der Siegplatte.

Schuster blickte nochmals auf die Scheinwerfer, dann wandte er sich dem Fahrstuhl zu. Jetzt, wo mit dem Bagger Fakten geschaffen wurden, hieß es für alle Beteiligten das Beste aus der Situation herauszuholen. Für die Geschäftsleute bedeutete das in erster Linie, die Zeit der Baumaßnahmen wirtschaftlich irgendwie zu überleben. Er grinste bei dem Gedanken, dass dies nicht allen seiner Mitstreiter gelingen würde. Dabei verzog sich sein Gesicht zu einer Grimasse. Ein Makel, den er von Geburt an hatte. Der linke große Jochbeinmuskel war bei ihm nicht richtig ausgebildet. Wenn er lachte, dann zeigte sich das nur in der rechten Gesichtshälfte, die linke Seite blieb ausdruckslos. Dass er mit diesem Fehler keinen Sympathiepreis gewinnen konnte, hatte Schuster schon früh herausbekommen. Er gewöhnte sich das Lachen ab, was ihm den Ruf eines eiskalten Verhandlungspartners einbrachte. Damit lebte er äußerst erfolgreich. Und wenn alles nach Plan lief, dann würde er nach den Baumaßnahmen reicher sein, als er jetzt schon war.

Die Fahrstuhltür öffnete sich. Er fuhr ins Erdgeschoss. Dort kontrollierte er die Zugänge zum Laden, und als er alle verschlossen vorfand, verließ er das Gebäude. Ein lautes Martinshorn hallte durch die Nacht. Er sah das Baulicht, das sich der Siegplatte näherte. Seine Neugier wurde erneut geweckt. Dieses Mal gab er dem Drang nach und ging auf die beleuchtete Stelle rund um den Bagger zu.

Mittlerweile hatten sich dort mehrere Schaulustige zusammengefunden. Ein uniformierter Polizist versuchte, die Neugierigen von der Kante fernzuhalten.

»Was ist hier passiert?« fragte Schuster eine junge Frau, die sich eine Zigarette anzündete.

»Die haben eine Leiche gefunden«, antwortete sie.

»Eine Leiche?!« wunderte sich Schuster.

»Ja, sie soll unter der Platte klemmen. Ist das nicht abgefahren!« Die Frau eilte zu ihren Freunden, die einige Schritte entfernt versuchten, einen Blick auf das Treiben in der Sieg zu erhaschen.

»Hallo, August«, grüßte ihn eine ältere Frau, die plötzlich neben ihm auftauchte.

Schuster drehte sich um und erkannte Bertha Schneider, eine seiner Mitstreiterinnen.

»Hallo, Bertha«, antwortete Schuster, und wollte gerade nachfragen, wo denn ihr Mann sei, als ihm einfiel, dass der vor einigen Tagen verstorben war. »Nochmals mein herzliches Beileid.«

»Danke«, nickte Bertha und kämpfte gegen die aufkommenden Tränen an. Sie fasste sich und fragte: »Was ist hier passiert?«

»Man sagt, eine Leiche sei gefunden worden«, antwortete Schuster.

»Nein!« stöhnte sie und Schuster erkannte im faden Licht, dass Bertha ganz bleich wurde.

»Es ist wohl besser, wir verlassen diesen Ort«, schlug er vor.

Bertha nickte.

»Komm, ich begleite dich nach Hause.« Schuster hakte sich bei ihr unter und führte sie weg.

Sie gingen in Richtung Kölner Tor. Bertha Schneider betrieb einen Geschenkeladen an der Sandstraße. Sie gehörte zu den Ladenbesitzern, die durch die kommenden Baujahre wirtschaftlich zu kämpfen hatten. Seit sich die Kaufkraft aus der Oberstadt in die Unterstadt verlagert hatte, kamen immer weniger Kunden in ihren Laden. Die geplanten Baumaßnahmen würden weitere Kunden davon abhalten, in die Sandstraße zu kommen. So sah die Zukunft für das Geschäft nicht gut aus. Für Schuster lagen die Probleme der Schneiders allerdings nicht in ihrem Standort, sondern mehr daran, dass ihr Angebot nicht mehr zeitgemäß war. Das hatte er

Horst, ihrem verstorbenen Mann, einmal zu erklären versucht. Doch wenn man fast 40 Jahre mit einem Konzept erfolgreich war, dann änderte man dies nicht so leicht.

Das war das eigentliche Problem. Wie sagte schon Darwin: ›Nur der überlebt, der sich in seiner Umwelt am besten anpasst.‹

6

Von derlei Anpassung war Hauptkommissar Pfeiffer in diesem Moment so weit entfernt wie Tibet von der Unabhängigkeit. Erneut blickte er auf die Visitenkarte und fauchte: »Die gehörte mal Ihnen, Herr Irle!«

Tristan nickte.

»Mehr haben Sie nicht zu sagen?« Pfeiffers Stimme hallte unter der Siegplatte.

»Nein«, schüttelte der Detektiv den Kopf.

»Dann kennen Sie die Leiche?« hakte der Polizist nach.

»Das kann ich nicht beantworten, ohne zu wissen, wer der Mensch da oben ist«.

Pfeiffer stöhnte auf. Selbst er konnte dem Privatdetektiv aus den Überresten des menschlichen Wesens keinen Strick drehen.

»Vielleicht kann ich helfen. Das Opfer ist weiblich.« Lils sanfter Tonfall stoppte Pfeiffers beginnenden Ausbruch. Die Pathologin kniete auf der Gerüstplattform neben der Leiche und untersuchte sie. »Außerdem wurde der Toten die rechte Clavicula gebrochen. Es gibt weitere Verletzungen an der Glabella sowie an der linken Os frontale.«

»Was sagt sie?« fragte Pfeiffer leise seinen Partner.

Holzbaum zuckte mit der Schulter.

»Mehr kann ich hier nicht feststellen. Die Leiche muss in die Pathologie gerbracht werden.« Sie blickte zu den Männern hinunter und lächelte. »Schaffen das Ihre Leute?«

»Sicher!« erwiderte Pfeiffer, ohne die Pathologin anzusehen.

»Gut«, nickte Lil und kletterte vom Gerüst hinunter. Unten angekommen zog sie sich ihre Latexhandschuhe aus und steckte sie in einen Plastikbeutel.

»Wurde die Frau ermordet?« fragte Tristan.

»Das kann ich nicht mit Bestimmtheit sagen«, antwortete Lil.

»Diese Verletzungen - waren die nicht für den Tod verantwortlich?« mischte sich der Staatsanwalt ein.

»Wer sind Sie?« fragte Lil und kramte ihre Sachen zusammen.

Büdenbender zuckte bei der Frage nach seiner Person zusammen. Er war es gewohnt, dass man ihn kannte.

»Das ist Staatsanwalt Büdenbender«, erklärte der Bürgermeister. Seine Gesichtsfarbe schien zurückgekehrt zu sein.

Lil musterte den Mann im Anzug mit einem kritischen Blick. Tristan erkannte, dass Lil auch den Bürgermeister nicht kannte und erklärte: »Herr Bürgermeister, vielleicht sollte Frau Lindberg erst einmal übersetzen, welche Frakturen sie an der Leiche gefunden hat.«

Lil blickte zum Detektiv und nickte.

»Das rechte Schlüsselbein ist gebrochen. Außerdem gibt es Verletzungen an der Stirn zwischen den Augenbrauen und am linken Jochbein über der Augenhöhle.« Sie atmete langsam ein und betont laut aus. Lils Geste erinnerte sehr stark an eine frustrierte Lehrerin, die vor Schülern stand, deren Auffassungsgabe besondere pädagogische Fähigkeiten vom Lehrpersonal verlangte. »Ob diese Verletzungen für den Tod verantwortlich sind, muss noch verifiziert werden. Sie kann aber auch einfach ertrunken sein.«

»Hauptkommissar Pfeiffer!« hallte es plötzlich unter der Platte. Flussaufwärts stand ein junger Mann und wedelte mit einem weiteren Plastiktütchen. »Wir haben was gefunden.«

»Ist das nicht Kommissar Arne Affolderbach«, bemerkte Tristan.

»Richtig«, nickte Pfeiffer. »Holzbaum, wo hat der sich bis jetzt versteckt?«

»Keine Ahnung. Ich bin allein gekommen«, antwortete Holzbaum.

Der junge Kommissar eilte auf die Gruppe zu.

Als er sie endlich erreichte, sagte er: »Werte Herren und werte Dame, verzeihen Sie die Unterbrechung ihres Diskurses. Die Kollegen gaben mir das in die Hand, als ich sie flussaufwärts passierte. Es scheint die Geldbörse des mutmaßlichen Opfers zu sein.«

»Und?« knurrte Pfeiffer.

Jungkommissar Arne blickte Pfeiffer starr an.

»Und, wie heißt das Opfer?« ergänzte Holzbaum.

»Oh!« Arne blickte auf das Plastiktütchen. »Thea Meiswinkel, das Opfer heißt Thea Meiswinkel.«

Tristan konnte sich an den Namen erinnern. Sie hatte mit seinem Freund Erich Roth gesprochen. Mehr fiel ihm im Moment nicht ein. Zusammen mit dem Staatsanwalt verließ Tristan den Tatort. Büdenbender schlenderte nachdenklich neben ihm her. Der Fluss rauschte zu ihrer Rechten dem Rhein entgegen. Dort wo sie jetzt entlanggingen, würden in ein paar Monaten Terrassen entstehen. Im Sommer, so die Planung, sollten sich die Menschen an diesen Terrassen niederlassen und das neue Flair der Stadt genießen. Was jetzt eine dunkle Grotte war, sollte sich zu einem lebendigen Ufer im Sonnenschein entwickeln. Wenn die Stadtbevölkerung das Konzept annahm, würden entlang des Ufers die Hausbesitzer den Wert ihrer Immobilien verdoppeln. Dumm, dass weder Büdenbender noch Tristan ein Haus an dem Siegufer ihr Eigen nennen konnten.

Der Staatsanwalt blieb stehen und sagte: »Ich hätte zu gerne gesehen, was Sie auf der Bühne mit Ihrem Kakadu angestellt hätten.«

»Das wird wohl für immer ein Geheimnis bleiben, Herr Büdenbender«, antwortete Tristan.

»Meinen Sie nicht, dass es eine zweite Chance geben wird?« Der Staatsanwalt blickte zurück. Die Spurensicherung war gerade dabei, die Überreste von Thea Meiswinkel einzusammeln.

»Es war ein einmaliges Angebot meinerseits, im Heimhoftheater aufzutreten. Das werde ich nicht wiederholen.«

»Ich habe gehört, dass dieser Auftritt durch Verwandte von Ihnen ermöglicht wurde.« Büdenbender ging weiter.

»Die Schwester des Schwagers meines Schwagers lebt in Würgendorf. Es sind sehr gedehnte verwandtschaftliche Beziehungen.«

»Verstehe«, nickte Büdenbender. »Diese Thea Meiswinkel, woher kannten Sie diese Frau?«

»Herr Büdenbender, ich kannte diese Frau nicht. Ich hab sie einmal getroffen, als sie sich mit Erich Roth unterhielt.«

»Wann war das?«

»Vor zwei oder drei Wochen«, antwortete Tristan. »Ich weiß es nicht mehr genau. Die Proben haben die letzten Tage voll in Anspruch genommen.«

»Meinen Sie, der Tod dieses Menschen hat etwas mit dem Umbau der Siegplatte zu tun?«

Tristan wirkte überrascht. Der Staatsanwalt hatte ihn noch nie so höflich um seine Meinung gefragt.

»Wieso sollte er etwas mit den Baumaßnahmen zu schaffen haben?« antwortete Tristan.

»Sie haben Recht. So wie die Überreste aussehen, muss die Leiche schon eine Weile dort oben zwischen den Trägern liegen.«

»Seit drei Tagen, länger nicht«, erklärte Tristan überzeugt.

»Wie kommen Sie auf diese Angabe«, wunderte sich Büdenbender und ging weiter.

»Die große Sturmfront von vor drei Tagen«, sagte Tristan. »Die Wassermassen haben die Sieg bis zur Platte ansteigen lassen. Nur so konnte ein Körper in vier Meter Höhe getragen werden und sich unter den Trägern verkeilen.«

»Dann haben wir eine Tatzeit«, nickte Büdenbender nachdenklich.

»Nicht unbedingt. Thea Meiswinkel kann schon vorher umgekommen sein. Warten wir ab, was die Pathologin herausfindet.«

»Wie Sie meinen«, nickte Büdenbender.

Sie erreichten ihre abgestellten Fahrzeuge.

»Was halten Sie von dieser Person?« fragte der Staatsanwalt.

»Sie meinen die Pathologin?« Tristan öffnete die Fahrertür.

»Ja, wer denn sonst?«

»Sie scheint ganz kompetent zu sein. Ärgert Sie etwa, dass Sie nicht erkannt wurden?«

Büdenbender zischte und rief: »Einen schönen Abend noch!«

7

Tristan lenkte seinen Oldtimer von der Sandstraße über das Kölner Tor, am Obergraben entlang auf die Löhrstraße und schließlich bog er hinter der Marienkirche in einen kleinen Hof. Er parkte seinen Borgward neben dem Seiteneingang der Marienkirche, nahm Marlowe auf den Arm und stieg aus.

Der Vollmond leuchtete am Firmament wie eine Laterne. Eine Grille zirpte in einem der kleinen Beete vor dem Gotteshaus. Der Detektiv hörte das Wasser sprudeln, das aus einer stilisierten Blume in einen großen Brunnen lief, den die Gemeinde am Hofende neben dem Eingang zur Sakristei aufgestellt hatte. Eine runde Sitznische um den Brunnen wurde von dichten Sträuchern geschützt. Dort glühte plötzlich das Ende einer Zigarre auf. Das Rot der Glut strahlte wie eine Leuchtrakete. Tristan gab Marlowe einen Schubs. Der Kakadu krächzte müde und flog in eine der Kastanien, die neben dem Seiteneingang der Kirche wuchs.

Der Detektiv schloss die Fahrzeugtür und schritt vorsichtig auf das Glutende zu. Als er kurz vor dem Brunnen ankam, sprach eine sonore Stimme aus dem Dunklen.

»So spät noch unterwegs, Herr Irle?«

»Kennen wir uns?« antwortete der Detektiv mit einer Gegenfrage.

»Nein, wir hatten noch nicht das Vergnügen uns kennenzulernen.« Die Zigarrenspitze erhob sich. Sie glühte auf und eine Rauchwolke wehte Tristan entgegen.

Der Detektiv blieb stehen. Der Unbekannte kam langsam auf ihn zu. Die Silhouette des Mannes überragte ihn um eine Kopflänge. Sie wirkte sportlich und muskulös. Tristan spannte instinktiv seinen Körper. Einen plötzlichen Angriff würde er dank seines Aikidotrainings abwehren können. Da war er sich sicher! Außer, der Mann hielt eine Waffe in der rechten Hand, während in seiner linken die Zigarre den Detektiv ablenken sollte. Noch befand sich der Mann im Schatten der Sträucher. Tristan trat einen Schritt zurück, was den Mann dazu veranlasste, in das Licht einer Straßenlaterne zu treten.

Augenblicklich entspannte sich Tristan. Der Mann hielt nur die Zigarre in der Hand. Ein freundliches Gesicht sah ihn an und grinste.

»Mein Name ist Roland Rudik. Bitte verzeihen Sie den nächtlichen Überfall.« Rudik reichte ihm die rechte Hand.

Tristan erwiderte den Gruß und meinte: »Meinen Namen kennen Sie ja bereits.«

»Ja, Herr Irle«, nickte Rudik. »Ich habe versucht, Sie telefonisch zu erreichen. Habe leider nur Ihre Festnetznummer gefunden. Da Sie aber, wie ich wusste, nicht zu Hause waren, habe ich mich entschlossen, auf Sie zu warten.«

»So, Sie wussten, dass ich nicht zu Hause war?!«

»Ja, der Bürgermeister rief mich an. Sie müssen wissen, ich bin Stadtbaurat unserer schönen Stadt.« Rudik zog nochmals kräftig an seiner Zigarre.

»So, Sie sind der Stadtbaurat?!« murmelte Tristan und war zum zweiten Mal an diesem Abend überrascht.

»Wie mir mitgeteilt wurde, hat man die Überreste von Thea Meiswinkel gefunden.« Rudiks Tonfall klang traurig.

»Kannten Sie die Frau?« fragte der Detektiv instinktiv.

»Ja, sie war bei mir im Büro und hat Filmaufnahmen gemacht. Sie war Dokumentarfilmerin und arbeitete an einer Dokumentation über den Rückbau der Siegplatte und die Neugestaltung des Flusslaufes.«

»Dokumentarfilmerin«, wiederholte Tristan und einige seiner grauen Zellen begannen zu arbeiten. »Jetzt erinnere ich mich an die Frau. Sie war mit einer Kamera bei meinem Freund Erich Roth.« Reflexartig fragte er sich: Was wollte sie von Erich?

»Sie können sich vielleicht vorstellen, dass es in den Medien zu Gerüchten kommen könnte, wenn man vom Tod der Filmemacherin erfährt.« Rudik wurde ernst. »Es gibt immer irgendwelche

Leute, die eine Verschwörung vermuten. Schließlich wird das Projekt nicht von allen Bürgern begrüßt, um es freundlich auszudrücken.«

Tristan musterte den Mann. Sollte Thea ermordet worden sein, dann verbreiten sich die Gerüchte sicherlich wie Malariamücken in warmen Sumpfgebieten.

»Gibt es denn einen begründeten Verdacht, dass Thea Meiswinkel etwas Belastendes herausgefunden haben könnte?« fragte Tristan.

»Das kann ich Ihnen nicht beantworten«, stöhnte Rudik und nahm erneut seine Zigarre in den Mund. »Ich würde Sie gerne engagieren, dies herauszubekommen. Unser Arrangement müsste allerdings vertraulich behandelt werden.«

»Würde der Staatsanwalt informiert werden?« hakte Tristan nach.

»Außer dem Bürgermeister wird es niemand erfahren. Die Abrechnung wird über mich privat erfolgen.«

»Sie haben sich also darüber schon Ihre Gedanken gemacht«, antwortete Tristan spitz.

»Mir liegt diese Neugestaltung sehr am Herzen, Herr Irle. Ich möchte keine erneute Diskussion über das Projekt. Außerdem würde ein Baustopp die Stadt unnötig viel Geld kosten.«

»Bei den leeren Kassen kein rosiger Ausblick«, murmelte der Detektiv.

»Sie sagen es!« nickte Rudik. »Also, was halten Sie von meinem Angebot?«

Tristan war in der glücklichen finanziellen Lage, dank einer Erbschaft nicht jeden Fall annehmen zu müssen. Er konnte sich die interessanten Fälle herauspicken. Einen leibhaftigen Stadtbaurat mitten in der Nacht vor der eigenen Haustür anzutreffen, der gemeinsame Sache mit dem Bürgermeister machte, ohne den Staatsanwalt zu informieren, nun, wenn das nicht interessant werden würde? Tristan nickte und reichte dem Stadtbaurat die Hand.

»Sie haben Ihren Detektiv!«

2. Die Haustür schlug ...

Donnerstagmorgen

Die Haustür schlug hart ins Schloss. Das alte Fachwerk zitterte unter dem Aufschlag, den die schwere Eichentür verursachte. Die Schockwelle kroch entlang der Balken hinauf ins erste Stockwerk. Dort befand sich, genau über der Diele, Tristan Irles Schlafzimmer. Der Parkettboden nahm die Schwingungsenergie auf und ließ Tristans Bett leicht vibrieren. Der Detektiv öffnete langsam die Augen und blinzelte auf einen Wecker. Der große Zeiger stand kurz vor der Zwölf und der kleine auf der Acht.

»Bist du wach? Ich bin da und mache Kaffee! Steh also auf!« Eine klare Frauenstimme hallte aus der Diele zu ihm hinauf.

»Schatz, ich komme«, stöhnte Tristan und rollte aus dem Bett.

Er setzte seine Halbbrille auf und zog einen Bademantel über, dann verließ Tristan das Schlafzimmer. Leise klatschten seine nackten Füße auf den Holzboden. Tristan bewegte sich langsam auf die einzige Treppe in seinem Haus zu. Die alte Holzkonstruktion führte vom ersten Stock hinunter in die Diele.

Tristans Fachwerkhaus konnte man nicht als groß bezeichnen. Es stand in der Altstadt Siegens, was es sozusagen zu einer eher überschaubaren

Immobilie machte. Schließlich waren Grundstücke in der Altstadt schon immer knapp und teuer gewesen. Das Haus beherbergte mittlerweile die fünfte Generation Irles. Es besaß im Erdgeschoss ein geräumiges Wohnzimmer, eine ordentliche Wohnküche, das Badezimmer sowie die Diele. Im ersten Stock befanden sich das Schlafzimmer, ein Arbeitszimmer sowie eine Abstellkammer. Zudem war der Dachboden begehbar und einen Keller gab es auch.

Am Treppenende angekommen, blickte Tristan kurz ins Wohnzimmer, das links von der Treppe lag. Der Detektiv kratzte sich über seine Bartstoppeln und entschied, erst die Morgentoilette zu beenden, bevor er seiner Freundin unter die Augen trat. Das Badezimmer befand sich rechts der Treppe.

»Bin gleich da!« rief er aus der Diele und verschwand im Bad.

Während Tristan seinen Bartwuchs bekämpfte, füllte Helga Bottenberg in der Küche die Kaffeemaschine. Helgas störrische Haare fielen ihr dabei immer wieder ins Gesicht. Mit einem lauten Seufzer steckte Helga sie wieder zurück, nur damit sie wenige Augenblicke später erneut in ihr Gesicht fallen konnten. Helgas Haar bestand aus natürlichen Locken, die sie aus praktischen Gründen kurzhielt. Doch seit einigen Wochen wollte sie nicht mehr praktisch sein und ließ das Haar wachsen. Leider wuchsen ihre Haarklammern nicht mit. Sie waren noch für die alte

Schnittlänge ausgelegt und hielten die neue Haarpracht nicht.

»Ich muss mir neue Klammern kaufen«, murmelte die jugendlich wirkende Frau, während sie den Küchentisch deckte.

Helga besaß eine Pension mit angeschlossenem Restaurant. Die Pension befand sich nahe dem Dorf Lützel auf der Ginsberger Heide. Der Rothaarsteig führte an ihrer Pension vorbei und wurde von den Wanderern gerne für Übernachtungen gebucht. In den Sommermonaten war sie nur selten in der Stadt. Die Pension war ihr Leben. Sie führte diese schon, bevor sie den Detektiv kennenlernte. Helga dachte nicht daran, ihre wirtschaftliche Unabhängigkeit aufzugeben. Sie war Witwe und hatte nach dem Tod ihres Mannes für den Erfolg der Pension gekämpft. Sie liebte Tristan, obwohl der Mann die Eigenart hatte, ständig über Leichen zu stolpern. Die gelegentlichen Trennungen taten gut. Doch allzu lang ließ sie Tristan nicht allein. So liebevoll sich ihr Freund auch ihr gegenüber gab, er war ein Mann. Was heißen soll, dass er dazu neigte, Gewohnheiten anzunehmen, die Helga nun wirklich nicht tolerieren wollte.

Sie hatte den Tisch fertig gedeckt und wartete nun auf Tristan. Es hieß ja immer, Frauen würden Stunden im Bad verbringen. Mit Tristan Irle hatten die Männer jedoch einen Geschlechtsgenossen, der es mit den Frauen aufnehmen konnte. Helga verstand nicht, was ihren Freund so lange vor dem Waschbecken festhielt. Über das Ergebnis war sie aber immer wieder glücklich. Nicht die kleinste Bartborste kratzte beim Schmusen.

Helga stellte das Radio an und ging ins Wohnzimmer. Dort saß Marlowe auf einer Kletterstange und putzte sein Gefieder.

»Die Bauarbeiten an der Siegplatte wurden vorübergehend eingestellt«, hörte sie den Nachrichtensprecher aus dem Radio, als sie Marlowes Fressnapf kontrollierte. »Wie die Polizei mitteilte, fand man gestern Abend eine Frauenleiche zwischen den Pfeilern der Siegplatte. Um wen es sich bei der Person handelt, wurde noch nicht mitgeteilt. Sicher ist jedoch, dass Privatdetektiv Tristan Irle bei der Bergung der Leiche anwesend war.«

Helga drehte den Kopf zum Radio. Ihre Locken fielen erneut ins Gesicht.

»Ah«, fauchte sie.

Marlowe blickte zu Helga, legte seinen Kopf zur Seite und sträubte seinen Kamm.

»Sag nichts!« warnte sie mit erhobenem Zeigefinger.

Marlowe verharrte für einen Augenblick, dann senkte sich sein Kamm. Anschließend drehte er Helga den Rücken zu und gab einen Brabbelton von sich, als führte er ein leises Selbstgespräch.

»So viel zu seinem Auftritt im Theater!« zischte sie und ging zurück in die Küche. Mit einer schnellen Bewegung schaltete sie das Radio aus.

Unterdessen verließ Tristan das Bad und schlenderte morgenfrisch in die Küche. Er trug noch den Bademantel und hatte sich in der Diele ein paar Haussandalen angezogen.

»Morgen, Helga!« grüßte Tristan seine Freundin und gab ihr einen Kuss.

»Morgen, Liebling«, erwiderte sie und lächelte.

Tristan zog die Augenbrauen ein wenig hoch, als er sich von ihr abwandte.

Morgen, Liebling?! Der Detektiv sah Gewitterwolken aufziehen.

Vom Kücheneingang aus betrachtet, stand links der Küchentisch, um den herum eine Eckbank angebracht war. Die lange Seite der Eckbank befand sich unter zwei Sprossenfenstern, die einen Blick auf die Zaungasse erlaubten. Helga hatte für ihn am Kopfende eingedeckt, wo er sich langsam niederließ.

»Wie läuft es in der Pension?« fragte er freundlich.

»Ganz gut!« antwortete Helga spitz, während sie ihm seine Kaffeetasse füllte.

»Das hört man gern«, murmelte Tristan.

»Und, wie war dein Theaterauftritt? Hat Marlowe das Publikum umgehauen?« Helga lächelte. Es war ein feines Lächeln. Ihre makellosen Zahnreihen blitzten zur Hälfte weiß auf. Leider passte ihr harter Blick ganz und gar nicht zu den hochgezogenen Mundwinkeln.

»Der Auftritt ist etwas danebengegangen«, begann Tristan zu erklären.

»Ha, danebengegangen?!« Helga wischte ihre Locken aus dem Gesicht.

»Du solltest eine größere Haarklammer verwenden«, sagte Tristan etwas unbedacht.

»Ich weiß!« fauchte sie.

»Was ist los mit dir?«

»Das weißt du ganz genau! Eine Leiche unter der Siegplatte?! Du wolltest im Heimhoftheater auftreten!«

Helga machte sich Sorgen, wenn Tristan einen Mordfall übernahm. Mörder waren in den seltensten Fällen kooperativ. Sie waren gefährlich.

»Es ist mein Beruf!« erwiderte Tristan.

Helga beruhigte sich und setzte sich zu ihm.

»Ich weiß, es ist trotzdem immer wieder erschreckend für mich«, stöhnte sie.

Tristan reichte ihr die Hand.

»Es ist bis jetzt doch alles gut gegangen«, lächelte er und meinte: »Jetzt lass uns frühstücken.«

Keine Fußballfeldbreite entfernt betrat ein zwei Meter langer Mann den Hof hinter der Marienkirche. Der Mann war ganz in Schwarz gekleidet und lächelte, als er die Tür zur Sakristei abschloss. Erich Roth, der Diakon der Marienkirche, genoss die warmen Temperaturen, die das sommerliche Wetter den Menschen im Kreisgebiet schenkte. Gott meinte es gut mit dem Siegerland. Es besaß gesunde Wälder und reichlich Wiesen. Breite und schmale Täler formten die

Landschaft. Im Boden befanden sich Erze und Silber, die heute jedoch nicht mehr abgebaut wurden. Außerdem gab es ergiebige Quellen und zahlreiche Bäche. Wasser gab es reichlich. Leider sprudelte es nicht nur aus dem Boden, es fiel auch in unfassbaren Mengen vom Himmel. Während andere Gegenden der Welt vom Klimawandel mit Trockenheit bestraft wurden, verwandelten sich das Siegerland und das Wittgensteiner Land von herabfallenden Regengüssen zu einem riesigen Schwamm.

Die Flora gedieh und selbst bei längerer Trockenheit, was selten vorkam, blieb die vorherrschende Farbe ein sattes Grün. Erich liebte diesen Anblick. Als junger Geistlicher war er durch Schwarzafrika gepilgert und hatte so manche karge Steppe durchwandert. Das Grün zog er dem verbrannten braunen Gras unter Afrikas Sonne eindeutig vor.

Er kontrollierte die abgeschlossene Tür und schlenderte dann über den Hof. Er sah kurz auf seine Armbanduhr und entschied, seinem ältesten Freund einen Besuch abzustatten. Mit großen Schritten ging er auf Tristan Irles alte Eichenhaustür zu. Statt zu klingeln, klopfte Erich dreimal fest gegen das Holz und öffnete dann die Tür.

Die Bewohner der Siegener Altstadt waren friedliebende Bürger. Sie kannten einander, und wenn nicht gerade neumodische Sicherheitstüren eingebaut waren, dann genügte es, die Klinke herunterzudrücken, um das Haus zu betreten. Helga mochte es nicht, wenn Tristan die Haustür unverschlossen ließ. Dabei besaß die Tür einen alten, schweren Eisenriegel, der von innen angebracht war. Doch der Detektiv nutzte den Riegel nur selten. So trat Erich ungehindert in die Diele und rief:

»Hallo, schon jemand wach?«

»Wir sind in der Küche«, antwortete Tristan.

Erich senkte seinen Kopf, als er aus der Diele ins Wohnzimmer ging. Dort achtete er auf die freiliegenden Querbalken und grüßte Marlowe. Der Kakadu wippte freudig auf seiner Kletterstange und verfolgte mit seinen Knopfaugen den Diakon, wie er in die Küche eintrat. Helga stellte gerade eine weitere Tasse auf den Tisch.

»Du frühstückst mit«, sagte sie bestimmend.

»Gerne«, nickte Erich und schlängelte sich hinter den Küchentisch auf die Eckbank. Als er seine langen Beine ausgerichtet hatte, fragte er: »Wie war der Auftritt?«

»Was interessiert ihr euch alle für den Auftritt?« schnaufte Tristan.

»Oh, war er so schlecht?« erwiderte Erich, wobei seinem edlen Römergesicht nicht anzusehen war, ob es nun Mitgefühl oder Spott zeigte.

»Nein, es gab gar keinen Auftritt«, erklärte Helga. Ihre Missbilligung war deutlich wahrzunehmen.

»Was ist passiert? Hat Marlowe keinen Satz herausgebracht?«

»Doch, wir wurden zu einer Leiche gerufen«, antwortete Tristan und nippte an seiner Kaffeetasse.

Erich sah zu Helga, die verdrehte die Augen und schüttelte den Kopf. Der Diakon kannte Helgas Abneigung gegen Leichen, die ihr Freund fand. Da spielte es keine Rolle, dass es sich um tote Materie handelte, die eigentlich niemandem etwas anhaben konnte. Leichen, mit denen Tristan zu tun hatte, bedeuteten in den meisten Fällen Ungemach.

»Gab es einen Mord?« fragte Erich deshalb fast automatisch.

»Das ist noch nicht ganz geklärt«, antwortete Tristan. »Du kennst das Opfer. Thea Meiswinkel, sie war vor einigen Tagen bei dir.«

»Die Dokumentarfilmerin? Sie ist tot?« Erich sah seinen Freund traurig an.

»Ja«, nickte Tristan und begann ein Brötchen mit Butter zu beschmieren, dabei berichtete er dem Diakon, was abends zuvor unter der Siegplatte geschehen war.

»Das ist schrecklich«, stöhnte Erich, seine gute Laune verabschiedete sich.

»Was wollte eine Dokumentarfilmerin von dir?« fragte Helga.

»Sie wollte eigentlich nichts von mir«, erklärte der Diakon. »Es ging um ein verstorbenes Gemeindemitglied. Horst Schneider, der den Laden unten an der Sandstraße hat. Er starb vor ein paar Tagen an einem Herzinfarkt. Thea Meiswinkel recherchierte, ob der Umbau das Geschäft von Horst ruinieren könnte.«

2

Der Windsack war von Weitem zu sehen. Er thronte über dem Krankenhaus wie einst der Wimpel über dem Burgfried. Der mächtige Krankenhauskomplex, der nach einem Siegerländer Augenarzt benannt wurde, schmiegte sich an die Flanke des Blumichskopfs. Der Berg lag am Rand der Stadt, nicht weit von der Autobahnzufahrt entfernt. Da man das Krankenhaus hoch über die Stadt gebaut hatte, bot es sich als Hubschrauberlandeplatz besonders gut an. Der Hubschrauber „Christoph 25“ setzte gerade zur Landung auf dem neu geschaffenen Landeplatz über einem der alten Gebäude an, während sich Liliane Lindenberg auf die Untersuchung der Frauenleiche vorbereitete. Die Obduktionsräume befanden sich tief unten im Hauptgebäude. Sonnenlicht drang in diesen Wartesaal des Todes nicht. Totes Gewebe mochte keine Wärme. Es liebte die Kälte und die Nacht. Manchmal empfand Lil sich selbst als Eindringling. Besonders im Sommer, wenn sie eines ihrer leichten Sommerkleider trug, kribbelte es ihr kalt über den Rücken, wenn sie den Raum mit den Toten betrat.

Die Pathologin liebte ihre Arbeit. Sie war in den letzten Jahren zu einer Expertin in forensischer Pathologie geworden. Eigentlich ist dieser Begriff falsch aus dem Englischen übersetzt worden. Hierzulande nennt man den *forensic pathologist* schlicht Rechtsmediziner. Lil gefiel die falsche Übersetzung besser und stellte sich Nicht-Medizinern gerne als forensische Pathologin vor. Der Begriff erinnerte sie an die Romane von Kathy Reichs, einer amerikanischen Anthropologin.

Lil trug einen Overall und einen Mundschutz, als sie sich der Leiche näherte. Im Laufe ihrer Tätigkeit hatte sie lernen müssen, dass Mikroben, Pilze und Gase totes Gewebe sehr aktiv werden lassen konnten. Der Overall ließ sich eindeutig besser reinigen als ihr Sommerkleid.

Ihre Aufgabe bestand darin, die Todesursache, die Todesart und, wenn möglich, den Todeszeitpunkt festzustellen. Als Erstes setzte sie mit einer Säge am Manubrium sterni, dem oberen Brustbein, an. Sie spaltete das Brustbein und schnitt weiter bis zum Bauchnabel hinunter. Dabei achtete sie darauf, wenigstens die inneren Organe nicht zu verletzen, die noch nicht verwest oder von Ratten aufgefressen waren.

Bereits an der Fundstelle hatte sie grob feststellen können, dass der Körper der Frau keine größeren Stichverletzungen oder irgendwelche Schussverletzungen hatte. Die Kopfverletzung, die an der Glabella und an der Os frontale zu finden war, ließ sich dank des sichtbaren Schädelknochens leicht untersuchen. Ein heftiger Schlag musste Thea Meiswinkel am linken Stirnbein über der Augenhöhle getroffen haben. Der Knochen war an der Stelle gesplittert. Doch der Schlag war nicht tödlich gewesen. Also hatte sie den von Ratten fast vollständig frei genagten Schädel auf weitere Verletzungen untersucht, die der Leiche ante mortem, also vor dem Tod, zugefügt worden waren. Sie hatte keine weiteren Stellen am Schädel gefunden.

Lil hatte eine Hypothese, wie die Dokumentarfilmerin ums Leben gekommen sein konnte. Mit viel Kraft spreizte sie das aufgeschnittene Muskelgewebe auseinander und fixierte es. Sie erkannte das Herz, die beiden Lungenflügel sowie die Obere Hohlvene und die Aorta. Auf den ersten Blick schienen die Organe, die Vene und Hauptschlagader in Ordnung. Sie stellte zwei große Metallschalen neben die Leiche und atmete tief durch.

»Dann mal los«, murmelte sie und griff beherzt zum linken Lungenflügel.

Bereits bei der ersten Berührung tropfte Wasser aus dem linken Lungenoberlappen. Sie quetschte das Organ an den Rippen vorbei, wobei noch mehr Wasser aus dem Gewebe tröpfelte. Vorsichtig legte sie schließlich den Lungenflügel in die Schale. Sie wiederholte das Prozedere mit dem rechten Lungenflügel. Wasser tropfte dort ebenfalls aus dem Gewebe.

Ihre Hypothese bestätigte sich. Thea Meiswinkel war ertrunken.

3

Martin Funk saß in seiner Bauhütte. Die kurze, schlaflose Nacht sah man dem Mittdreißiger deutlich an. Schwarze Ränder unter den Augen, eine grau-weiße Gesichtsfarbe, die in gewissen Subkulturen patentiert worden wäre, zeigten einen Mann, der neben einer Rasur unbedingt Ruhe benötigte. Der Bauleiter drehte seinen Bürostuhl zur Wand und starrte unbeweglich auf einen Zeitplan.

Der Plan zeigte dem Bauleiter an, wann eine Bauphase beendet sein sollte, wo und wann man mit einer neuen beginnen konnte. Das Ganze hatten die Planer in bunten Kästchen und farbigen Linien auf das Papier gedruckt. Martin wusste, dass eine Kopie im Büro des Stadtbaurates hing und ein weiteres Exemplar sich im Büro des Bürgermeisters befand.

Das gut eineinhalb Meter breite Papier hing wie eine drohende Guillotine vor ihm. Ein humorvoller Kollege hatte eine Piratenflagge über den Startpunkt des Abrisstermins gemalt. Ein Scherz, der das Entern der Platte durch das Bauteam symbolisieren sollte. Doch nach den Ereignissen des Vorabends wurde die kleine Zeichnung eine realistische Bedrohung.

Dort, wo ihn jetzt ein Totenkopf anblickte, waren die ersten LKW-Fuhren vermerkt. Die LKWs sollten in diesem Augenblick die ersten Schuttberge der abgerissenen Platte abtransportieren. Martin brauchte sich nur zu dem einzigen Fenster der Bauhütte umzudrehen, um die Schlange der LKWs zu sehen, die auf der Siegbrücke untätig rumstanden. Das Schlimme an dieser Situation war, dass er nicht wusste, wie lang die Bausperre andauern würde. Verzweifelt suchte Martin nach einer Möglichkeit, den Abriss voranzutreiben, ohne den Tatort zu gefährden. Leider fand er keine Lösung. Er konnte die Bagger nicht einfach an einer anderen Stelle der Platte einsetzen, da die Logistik es nicht zuließ. Der anfallende Schutt würde den Weg des Abtransportes blockieren. Ein zusätzlicher Bagger müsste ins Siegbett fahren, um die LKWs beladen zu können. Martin hatte aber keine Angaben darüber, ob das Siegbett die Last des zusätzlichen Baggers tragen würde. Ein absaufender Bagger war nicht das, was er jetzt auch noch gebrauchen konnte. Stöhnend drehte er sich zu seinem Schreibtisch um.

»Haben wir eine Nachricht von der Polizei bekommen?« fragte er einen Kollegen, der am anderen Ende des Raumes einen Computer bediente.

»Nein, Chef«, antwortete der Mann. »Die LKW-Fahrer fragen, wie lang sie noch warten sollen?«

»Wenn ich das mal wüsste!« schnaufte Martin. »Ich seh mich mal um.«

Er stand auf und verließ die Bauhütte.

Ein herrlicher Sommertag empfing ihn. Nicht weit von der Bauhütte entfernt waren Arbeiter damit beschäftigt, die beiden Bronzestatuen von Henner und Frieder für den Abtransport vorzubereiten. Die beiden Symbolfiguren des Siegerlandes hatte Friedrich Reusch geschaffen. Sie stellten einen Bergmann, Henner genannt, und einen Hüttenmann, Frieder genannt, dar. Sie wurden 1902 für die seinerzeit größte Industrieausstellung in Düsseldorf geschaffen. Sie standen im Mittelpunkt des Standes der dort vertretenen Siegerländer Unternehmen. Nach der Ausstellung hatte man sie damals der Stadt geschenkt. Nach der Neugestaltung des Siegbettes erhielten die beiden einen neuen exponierten Standplatz.

»Passt auf, dass den Figuren nichts passiert!« rief Martin den Arbeitern zu.

»Ist klar, Chef!« rief einer zurück.

Martin ging ein paar Schritte in Richtung Bahnhofstraße, um den Kopf freizubekommen. Er hatte die kleine Baumansammlung am Eingang der Fußgängerzone gerade erreicht, als ein älterer Herr auf ihn zutrat und ansprach.

»Herr Funk?«

Martin wandte sich zu dem Mann im Anzug und nickte.

»Ich bin August Schuster«, erklärte der Geschäftsmann und deutete auf das Hochhaus, das den Eingang der Fußgängerzone markierte.

Martin war augenblicklich klar, mit wem er es zu tun hatte. Der gut gekleidete Mann würde ihn gerne arbeitslos machen.

Martin sah Schuster an, als wäre er eine Piñata. Ihm war momentan danach, auf irgendetwas draufzuschlagen. Der Bauleiter war sich aber sicher, dass das, was dann aus Herrn Schuster herauskam, ganz und gar nicht süß und mit Schokolade überzogen war. Der Bauleiter atmete einmal tief ein und sagte: »Herr Schuster, was kann ich für Sie tun?«

»Gut, Sie wissen also, wer ich bin!« Schuster nickte und sprach in einem herablassenden Ton weiter. »Es ist mir und meinen Kollegen aufgefallen, dass die Abrissarbeiten stocken. Das bedeutet wohl, dass wir Geschäftsleute länger als vereinbart mit den Unannehmlichkeiten des Abrisses auskommen mussen.«

»Eine Leiche wurde gefunden«, erwiderte Martin und seine Stimme klang, als wollte er sich entschuldigen. Dabei konnte er nun wirklich nichts für die Leiche.

»Hätte man nicht Vorbereitungen treffen können, damit so etwas nicht passiert?« tadelte Schuster kalt. »Ich bin jedenfalls nicht bereit, auch nur einen Tag länger als vereinbart diesen Umstand hier zu ertragen.«

Schuster deutete auf den Bauzaun, die Baumaschinen und schließlich auf Martin.

»Haben Sie das verstanden! Teilen Sie das bitte auch dem Bürgermeister mit!«

»Das werde ich«, antwortete Martin und sah den Geschäftsmann dabei an.

»Gut!« Schuster ließ ihn stehen. Er ging, ohne ein weiteres Wort zu sagen, auf den Eingang seines Hochhauses zu.

»Mann, was ist das denn für einer!« schnaufte Martin und strich sich durch die Haare. Das wurde ja immer verrückter. Erst eine Leiche, dann Geschäftsleute, die wie Zombies über ihn herfielen. Dabei wollte er doch nur bauen.

Die Menschen werden das neue Ufer lieben, sagte er sich und ging zurück in die Bauhütte.

4

Norbert Pfeiffer verengte die Augen, während gleichzeitig auf seiner Stirnhaut mehrere feine Runzeln auftauchten. Seine wieseligen Hände wirbelten herum, als wollten sie unsichtbare Geister abwehren.

»Das ist jetzt nicht Ihr Ernst!« schnaufte der Hauptkommissar.

»Doch, das ist unser voller Ernst!« erwiderte Staatsanwalt Büdenbender, der zusammen mit Pfeiffer und Polizeidirektor Wilhelm Flender in einem Besprechungszimmer der Polizeibehörde saß.

»Aber es sind noch nicht alle Spuren gesichert worden. Wir können wichtige Beweise verlieren!« Pfeiffer fühlte sich verraten. Die beiden Männer vor ihm wussten ganz genau, dass mit der Vernichtung des Tatortes unwiederbringliche Beweise verloren gingen.

»Wir wissen ja nicht einmal, ob das wirklich der Tatort ist«, warf Polizeidirektor Flender ein. »Der Fluss kann die Leiche von wer weiß wo hergespült haben.«

»Umso genauer müssen wir vorgehen«, erwiderte Pfeiffer verbissen.

»Es ist im Interesse der Bürger, dass es schnell mit dem Abriss vorangeht«, sagte Büdenbender nüchtern.

»Ist es nicht auch im Interesse des Bürgers, einen Mörder zu überführen?« fragte Pfeiffer scharf.

»Unbedingt«, grinste Büdenbender wie ein Hai, während er Pfeiffers Einwand unter „darauf-kommen-wir-später-nochmals-zurück" mental ablegte. »Nach Aussage des Forensikteams sind alle relevanten Spuren gesichert worden. Es steht also rein formal dem Abriss nichts mehr im Weg. Sie können sich den Fundort ja gerne nochmals anschauen.«

»Das werde ich!« schnaufte Pfeiffer und stand auf.

»Bei dieser Gelegenheit geben Sie doch bitte Bauleiter Funk das Okay, weiterzumachen!« ergänzte Büdenbender.

Pfeiffer sah zu seinem Polizeidirektor, der nickte.

Wütend verließ er das Besprechungszimmer. Arne Affolderbach und Werner Holzbaum warteten im Flur auf ihn.

»Und?!« Holzbaum sah seinen Chef an und hätte sich die Frage sparen können. Er las in Pfeiffers Gesicht wie ein Geologe in Erdschichten. Pfeiffers Gesichtserdschichten waren gerade von einem heißen Wutmagmastrom durchbrochen worden.

»Die lassen die Platte abreißen«, fauchte Pfeiffer.

»Das wäre äußerst ärgerlich«, murmelte Arne. »Die Devastation von Beweismaterial ist Frevel an der Sache.«

Pfeiffer starrte Arne mit einem Blick an, den Hollywood mit einem feurigen Laserstrahl aus seinen Augen animiert hätte.

»Chef, er ist noch zu jung, um das zu verstehen«, stöhnte Holzbaum und schob Arne beiseite.

Arne Affolderbach setzte zu einem verbalen Protest an, doch Holzbaum schüttelte langsam den Kopf. Arne verstummte.

»Hier scheinen schwarze Mächte das Spiel zu bestimmen«, knurrte Pfeiffer. Sein diabolischer Blick erschreckte die Partner. »Büdenbender hielt es nicht mal mehr für nötig, sein Lied über die Macht der Presse anzustimmen, in dem dann Flender den Refrain anstimmte, dass das Bild von der Polizei in der Öffentlichkeit nicht beschädigt werden darf. Sie haben es nicht mal für nötig gehalten, irgendeinen Grund zu nennen! Oh, nein, das stimmt nicht!« Pfeiffer klatschte mit der flachen Hand gegen die Wand. »Das Forensikteam hat ja alle Spuren gesichert! Und es sei ja im Interesse der Bürger, dass der Abriss weitergeht!«

»Chef, alles in Ordnung?!« Holzbaums Bulldoggengesicht sah besorgt aus.

»Ja, ja, alles in Ordnung«, schnaufte Pfeiffer. Dann streckte er sich und atmete tief ein. »Dem werde ich es zeigen!«

»Oh, oh!« Die Töne schlichen Holzbaum aus dem Mund.

»Was?! Bist du auf deren Seite?«

»Nein, Chef! Nur, wenn da schwarze Mächte das Spiel bestimmen, sollten wir dann nicht genauso verschlagen vorgehen?«

Der Hauptkommissar hielt inne. Für den Bruchteil einer Sekunde kämpften Vernunft und Irrsinn in Pfeiffers Kopf gegeneinander. Dann war der Kampf entschieden.

»Holzbaum, du steckst voller Überraschungen!« strahlte Pfeiffer. »Genau das werden wir tun!« Der Hauptkommissar stürmte den Flur entlang zum Ausgang.

Arne sah seinen Kollegen verstört an.

»Das war unheimlich!« Arne Affolderbach, der Jungkommissar, war seit einigen Wochen neues Mitglied in Pfeiffers Mordkommission. Der schmächtige Polizist hatte als Bester seines Jahrganges die Akademie abgeschlossen. In keinem seiner Bücher war ihm ein Fall vorgekommen, in dem beweiskräftige Argumente *schwarze Mächte* dokumentierten. Das irritierte den jungen Mann. »Er meint das doch nicht wörtlich?!«

»Affolderbach, Sie müssen noch viel lernen«, antwortete Holzbaum väterlich und klopfte ihm auf die Schulter. »Wir sollten uns beeilen, sonst lässt er uns hier zurück.«

Sie holten Pfeiffer auf dem Parkplatz hinter der Kreispolizeibehörde ein.

»Wir fahren zur Baustelle«, befahl Pfeiffer und stieg in seinen Dienstwagen.

5

Der Detektiv sah seinen Freund überrascht an. »Diese Dokumentarfilmerin vermutete einen Zusammenhang zwischen Abriss und Bankrott?«

»Ja, wobei Thea Meiswinkel offen ließ, ob sie an einen sozusagen von außen herbeigeführten oder einen selbstverschuldeten Bankrott glaubte.« Erich legte sein Messer neben einem rustikalen Brotbrettchen ab.

»Du willst sagen, dass diese Thea eine gezielte Geschäftsvernichtung nicht ausschloss!« Helga schüttelte ihren Kopf, was ihr wieder Ärger mit den Locken einbrachte.

»Jetzt seid nicht so erstaunt«, brummte der Diakon. »Es soll ja schon mal vorgekommen sein, dass Menschen andere Menschen in den Ruin treiben, um davon zu profitieren!«

Tristan nickte, so einen Fall kannte er.

Unterdessen musterte Erich seinen Freund.

»Du hast die Ermittlungen in diesem Fall übernommen?« fragte der Diakon nachdenklich.

»Ja, man bat mich von höchster Stelle um die Mitarbeit«, antwortete Tristan.

»Ist dir Christus oder ein Heiliger erschienen? Das wäre von höchster Stelle!« Erichs Tonfall ließ keinen Interpretationsspielraum zu. Der Diakon meinte die Frage äußerst ernst.

»Nein, natürlich nicht«, antwortete Tristan pikiert.

»Dann drücke dich doch in Zukunft genauer aus«, brummte Erich.

»Jetzt sei nicht so ein Siegerländer Muffel«, mischte sich Helga ein. »Es ist schon schlimm genug, dass diese Thea sterben musste. Da sollten wir uns nicht auch noch den Tag vermiesen.« Sie versuchte, die störrischen Locken mit der Haarklammer einzufangen.

Der Diakon beobachtete sie dabei und musste der vielen Versuche wegen lächeln.

»Du weißt, dass wir Protestanten nicht an Heilige glauben«, bemerkte Tristan und füllte sich die Tasse mit Kaffee.

»Ja, ist mir bekannt«, nickte Erich und sein Römergesicht entspannte sich, während er weiter zu Helga schaute. »Wie ich sehe, werden manche von euch deswegen täglich einer Prüfung unterzogen.«

»Ich hab ihr gesagt, dass die Haarklammer zu klein ist«, sagte Tristan selbstgefällig.

»Ja, werter Herr, ich habe es verstanden«, erwiderte Helga und hätte in diesem Augenblick fast die gesamte Lockenpracht aus ihrem Gesicht verbannt, wäre da nicht eine im letzten Moment entwichen. »Ach, was soll's!« schnaufte sie und ließ die Rebellin über ihr linkes Auge hängen.

»Hat dich der Bürgermeister engagiert?« fragte Erich und nahm das Messer wieder in die Hand.

»Ich möchte das nicht bestätigen, da ich darum gebeten wurde«, grinste Tristan und rückte seine goldene Halbbrille zurecht.

»Okay«, nickte der Diakon. »Wenn du Hilfe brauchst, melde dich.«

»Lieber Freund, das werde ich«, antwortete Tristan. »Doch zuerst muss ich mich in der Pathologie umsehen.«

»Das Thema wollen wir nicht weiter vertiefen«, warnte Helga. »Jetzt frühstücken wir zu Ende, was du dann unternimmst, ist deine Sache. Ich werde in die Stadt gehen und Haarklammern kaufen.«

Über Leichen oder anderes totes Gewebe wurde nach Helgas Warnung nicht mehr gesprochen. Die drei Freunde genossen die noch warmen Brötchen und einen guten mexikanischen Hochlandkaffee. Erich stellte anhand eines Aufklebers auf der Kaffeeverpackung fest, dass der Kaffee nach den Fair-Handelskriterien verkauft wurde.

Als ehemaliger Missionar kannte er die Vormachtstellung großer Konzerne gerade im Agrarsektor. Deshalb lobte der Diakon Helga für die Entscheidung, einen Kaffee gekauft zu haben, der zwar ein paar Cent teurer war, aber dafür die Existenz der Kleinbauern in Mittel- und Südamerika sicherte.

Das Frühstück nahm sein Ende und Tristan bat seinen Freund Erich, auf Marlowe aufzupassen. Erich sträubte sich ein wenig. Der Diakon wusste, dass es nicht immer eine Freude war, für den geschwätzigen Marlowe den Kakadu-Sitter zu spielen. Tristans Argument, dass es nicht richtig sei, einen neugierigen Kakadu an einen Ort mitzunehmen, an dem der Vogel Leichenschändung mit Leichtigkeit umsetzen könnte, überzeugte schließlich den pietätvollen Kirchenmann.

Nachdem der Küchentisch abgeräumt, das schmutzige Geschirr in der Spülmaschine verstaut war, gingen sie ins Wohnzimmer, wo sich Helga von den beiden Männern verabschiedete.

»Ich werde mir Zeit lassen und noch ein wenig bummeln gehen«, sagte sie und warf noch einen kontrollierenden Blick in ihre Handtasche.

»Hast du den Haustürschlüssel?« fragte Tristan.

»Den habe ich«, lächelte Helga und zog den Reißverschluss ihrer Handtasche zu.

Sie gab Tristan einen Kuss und sagte: »Bis später!«

Dann verließ sie das Haus.

Marlowe hockte auf seiner Kletterstange und beobachtete die beiden zurückgebliebenen Männer. Tristan nahm seine Strickjacke, die auf einem gemütlichen Lesesessel lag. Der Sessel stand gegenüber einem Kamin, dessen kalte Feuerstelle wie ein schwarzer Schlund in das Wohnzimmer blickte. Durch eine Reihe von Sprossenfenstern fiel morgendliches Sonnenlicht in den Raum. Ein viktorianisches Sofa mit passendem Tisch warf zarte Schatten auf einen dicken Teppich. Tristan zog die Strickjacke an und trat an ein meterlanges Regal, das sich gegenüber der Fensterreihe an der Wand befand.

»Willst du dich noch über die Anatomie des Menschen schlaumachen?« fragte Erich sarkastisch.

»Dazu wäre wohl ein Studium nötig«, erwiderte Tristan und überhörte Erichs spöttischen Ton. »Ich suche eine Karte.«

Jetzt wurde der Diakon neugierig.

»Du willst doch in die Pathologie! Wozu benötigst du da eine Karte?« Erich gesellte sich zu Tristan an das Regal.

»Ich muss hier irgendwo einen alten Stadtplan von Siegen haben«, brummte der Detektiv. »Bist du mal so freundlich und schaust in den oberen Regalreihen nach.«

»Wonach muss ich suchen?«

»Nach einem schmalen, braunen Band mit goldener Schrift«, antwortete Tristan.

Während Erich das sieben Meter lange Regal in den oberen Reihen absuchte, sah Tristan die anderen Regalreihen durch.

»Ein ordentliches Ablagesystem könnte eine Suche vereinfachen«, meinte Erich, nachdem er den ersten Meter abgesucht hatte.

»Ich weiß«, nickte Tristan, »aber dazu bin ich noch nicht gekommen.«

»Du wohnst schon eine halbe Ewigkeit in diesem Haus«, erwiderte der Diakon. »Und fast genauso lange steht dieses Bücherregal schon hier. Und da hast du noch keine Zeit gefunden, das Regal zu sortieren?!«

»Schon, aber ich habe dabei nie eine Kartenreihe angelegt«, stöhnte Tristan. »Die habe ich immer irgendwie zwischen die Bücher gestellt. Wann braucht man schon heutzutage noch Karten!«

»Als ob du im Internet nach Karten suchen würdest«, grinste Erich.

Der Diakon hatte Recht. Tristan besaß zwar ein Notebook, aber benutzen tat er den Rechner äußerst selten. Es stand zusammengeklappt auf einem Sekretär, der gleich neben dem Eingang zur Küche den Raum verzierte. Der Detektiv fand eine altmodische Recherche sicherer. Allerdings reifte die Erkenntnis in Tristan heran, dass man eine Menge Zeit sparen könnte, wenn man sich den Informationen aus dem World Wide Web öffnen würde.

»Ich hab ihn«, rief Tristan plötzlich und zog einen alten, einen sehr alten Kartenband aus dem Regal.

Erich musterte die Stelle und meinte: »Du steckst den Band zwischen „Kochkunst des Mittelalters" und das „Wilnsdorfer Kochbuch"?«

»Frag nicht«, grinste Tristan. »Ich hab ihn gefunden. Das allein zählt!«

»Was hast du mit dem Band vor?« wollte der Diakon wissen, während er den alten Band musterte. »Ich meine, der ist heute nicht gerade auf dem neusten Stand.«

»Darin ist der alte Flusslauf eingezeichnet«, antwortete der Detektiv und schlug den Band auf. »Siehst du, hier, so sah das Siegbett mal aus, bevor die Platte gebaut wurde.«

»Schön, aber ich sehe nicht, was dir das bei dem Fall helfen könnte«, antwortete Erich.

»Na ja, manchmal findet man in der Legende einer Karte mehr Informationen als in der Karte selbst.« Tristan grinste spitzbübisch und schlug den Band zu. »Ich sollte mich jetzt auf den Weg machen.«

Erich blickte zu Marlowe und meinte: »Dann sollte ich mal den Kakadu nehmen.«

Marlowe wippte unruhig auf seiner Stange und brabbelte: »Voller Sanftmut sind die Mienen / und voll Güte ist die Seele, / sie sind stets bereit zu dienen / deshalb nennt man sie Kamele.«

Tristan sah zu seinem Freund und grinste. Erich fand das gar nicht zum Lachen und hielt Marlowe den Arm hin.

»Das war nicht nett«, schimpfte der Diakon.

Marlowe hüpfte auf den Arm und kletterte gleich auf Erichs Schulter. Dort angekommen, begann der Kakadu mit Erichs Wange zu schmusen.

»Das kitzelt«, rief der Kirchenmann und schob lächelnd Marlowes Schnabel beiseite. »Er schafft es immer wieder, dass man ihm nicht böse sein kann.«

Die Kirchenglocken schlugen zehnmal, als die beiden Freunde auf den Hof traten. Vor dem Haus verabschiedete sich Erich von Tristan. Der Diakon ging mit Marlowe über den gepflasterten Hof zum Nebeneingang der Marienkirche. Der befand sich gleich gegenüber Tristans Haus. Zwei junge Kastanienbäume flankierten den Eingang und in ein paar Jahren würden sie den Kirchenbesuchern im Sommer einen angenehm großen Schatten spenden. Für einen Oldtimer reichte der Schattenwurf der jungen Kastanienbäume bereits heute. Tristan parkte den Borgward in den Sommermonaten besonders gern vor dem Kirchenschiff unter dem Blätterdach der Kastanienbäume.

Der Detektiv schloss die alte Eichenhaustür ab und blickte anschließend kritisch in den Himmel. In der Wettervorhersage hieß es, dass ein warmer Sommertag das schöne Siegerland mit bis zu 26°C verwöhnen sollte. Die idealen äußeren

Bedingungen, um mit dem Cabriolet oben ohne zu fahren. Er schritt langsam auf den Oldtimer zu, als ein lautes Klopfgeräusch seine Aufmerksamkeit anzog.

Das rhythmische Klopfgeräusch näherte sich über die Barstewende. Die kleine Gasse verband den Hof hinter der Marienkirche mit dem Kornmarkt, dem gegenüber das Rathaus stand. Der Detektiv blickte in die Barstewende und sah eine Frau mit schnellen kurzen Schritten die Gasse hinunterkommen. Das Klopfgeräusch stammte von ihren spitzen Absätzen, die kraftvoll auf das Pflaster schlugen. Als die Frau erkannte, dass Tristan sie ansah, winkte sie ihm kurz zu und beschleunigte ihren Gang. Der Detektiv blieb stehen und hoffte, dass die Frau bei diesem Tempo nicht umknickte. Ihre Knöchel würden das nicht unbeschadet überstehen.

Mit der Eleganz einer königlichen Fregatte segelte Waltraut Schröder über den Hof auf Tristan Irle zu. Die kräftige Frau trug einen dunkelblauen Hosenanzug und eine große Handtasche. Ihr brünettes Haar war schulterlang und lag so perfekt, als sei es frisch frisiert worden.

»Herr Irle!« rief sie mit einer hohen Stimme über den Hof.

»Ja, der bin ich«, antwortete Tristan.

»Gott sei Dank!« schnaufte sie und verlangsamte ihr Schritttempo. »Diese Schuhe bringen mich noch um!«

Tristan nickte ihr unauffällig zu. Frauen und Schuhe, das war ein Thema, das sich zwischen Mann und Frau schnell zu einem atomaren Supergau entwickeln konnte. Der Detektiv hatte einmal den Fehler begangen, auf besagten Ausspruch „Diese Schuhe bringen mich noch um" nachzufragen, warum die Schuhe denn getragen wurden. Der Blick, den er von besagter Schuhträgerin zugeworfen bekommen hatte, ließ ihm noch heute einen kalten Schauer über den Rücken fließen. Seit dieser Stunde blieb er stumm, wenn aus weiblichem Mund irgendetwas zum Thema Schuhe geäußert wurde.

Waltraut Schröder erreichte den Privatdetektiv.

Entschlossen reichte sie ihm die Hand und sagte: »Mein Name ist Waltraut Schröder, ich bin Stadträtin und muss unbedingt mit Ihnen sprechen.«

Tristan erwiderte den Gruß und zuckte leicht zusammen, als die Stadträtin zupackte. Ihre Entschlossenheit unterstrich der feste Händedruck.

»Was führt Sie so eilig zu mir?« fragte Tristan.

»Oh, Sie sind gut!« strahlte die Politikerin, deren Make-up professionell aufgetragen war. »Woher wissen Sie, dass ich mich beeilt habe?«

Tristan hätte ihre Absätze und deren lautes Klappern erwähnen können, doch damit hätte er seinen Grundsatz, nie mit Frauen über Schuhe zu reden, verletzt, deshalb antwortete er: »Ihr adrettes Erscheinungsbild verrät an einem Accessoire, dass Sie es eilig hatten.«

»Danke für das Kompliment.« Ihre grünen Augen funkelten auf. »Was, was hat mich verraten?«

»Ihr Halstuch, Frau Schröder«, sagte Tristan und lächelte.

»Mein Halstuch?!« Waltraut Schröder zupfte an dem Seidentuch herum.

»Das Blumenmuster«, erklärte Tristan. »Wenn Sie sich mehr Zeit gelassen hätten, dann hätten Sie sicherlich nicht zugelassen, dass die Rosenblüte auf dem Kopf steht.«

Die Stadträtin blickte auf das Ende ihres Seidentuchs und quiekte: »Oh, mein Gott, Sie haben Recht.«

Dann wurde sie schlagartig ernst. Ihre kalten, grünen Augen blickten den Detektiv an. Sie erinnerten Tristan daran, dass, so spöttisch der Vergleich einer Frau mit einer Fregatte auch sein mochte, er niemals vergessen sollte, dass eine Fregatte ein Kriegsschiff war. Und Kriegsschiffe baute man nur zu einem Zweck, zum Töten.

6

Pfeiffers Dienstwagen schlich durch den morgendlichen Verkehr. Der Motor des hubraumstarken Sechszylinders blubberte vor sich hin, als hätte er Mumps. Arne saß auf der Rückbank und beobachtete angespannt den Drehzahlmesser. Der Jungkommissar rechnete jede Sekunde damit, dass die feine rote Anzeigenadel ausschlagen würde.

Holzbaum bemerkte die gesittete Fahrweise seines Chefs ebenfalls. Da der schwergewichtige Kommissar gegen eine gemächliche Fahrt nichts einzuwenden hatte, genoss er die Fahrt. Als der Dienstwagen dann von einer altersschwachen 2CV-Ente auf der zweispurigen Hauptstraße überholt wurde, sprach Holzbaum seinen Chef an.

»Ist was?« fragte er.

»Nein, was soll sein?« Pfeiffer blickte geradeaus auf die Fahrbahn.

Holzbaum hatte jedoch den Eindruck, dass Pfeiffer nicht hundertprozentig bei der Sache war, in diesem Fall beim Autofahren. Das wiederum beunruhigte den Polizisten nun doch.

»Wir fahren sehr langsam«, meinte Holzbaum. »Schadet das dem Motor nicht?«

»Der hält das aus«, brummte der Hauptkommissar.

»Ja, aber dass du das auch aushältst!?«

»Holzbaum, dir kann man es auch nicht recht machen. Wenn ich schnell fahre, dann beschwerst du dich! Und wenn ich mal langsam fahre, dann ist das auch nicht in Ordnung!« Die Worte platzten aus ihm heraus.

»Okay, du musst dich nicht aufregen!« murmelte Holzbaum.

»Ich fahr langsam, weil ich überlege«, sagte Pfeiffer ruhig. »Du könntest deinen Grips ebenfalls anstrengen. Schließlich war es deine Idee, verschlagen zu sein.«

Holzbaum ahnte, dass sein Chef den Vorschlag „verschlagen zu sein" wörtlich nahm. Pfeiffers Verstand glich einer alten Dampflokomotive. Bevor eine Dampflok zu fahren beginnt, musste man den Dampfkessel unter Druck setzen. Das konnte dauern, aber war der Druck mal aufgebaut, dann gab es für die tonnenschweren Maschinen kein Halten mehr. Pfeiffers Verstand arbeitete ähnlich. Zuerst mussten Ärger und Frust die Hirnzellen reizen, dann reichte ein Verdachtsmoment aus, und Pfeiffer stürmte auf ein Ziel los, das er in den meisten Fällen selbst nicht kannte.

»Chef, ich meinte damit, dass wir vorsichtig vorgehen sollten«, erklärte Holzbaum.

»Ich fahr langsam, das ist doch ein Anfang«, antwortete Pfeiffer zufrieden.

»Richtig«, stöhnte Holzbaum. »Aber was kommt danach?«

»Wir schnappen uns diesen Bauleiter Funk und hören mal, was der so zu sagen hat«, grinste der Hauptkommissar und blickte in den Rückspiegel, wo er Arne beobachtete.

Auf der Rückbank tippte der Jungkommissar auf ein Smartphone ein.

»Ist Ihnen langweilig, Herr Kommissar?« fragte Pfeiffer laut und angesichts des zufrieden dreinschauenden Jungkommissars mit einer Brise Verärgerung.

»Ein wacher Verstand findet immer eine inspirierende Beschäftigung«, antwortete Arne gutgelaunt, ohne von seinem Smartphone aufzublicken.

»Spielen Sie gerade?« hakte Pfeiffer nach.

Jetzt schaute der Jungkommissar auf und sagte entsetzt: »Herr Pfeiffer, derlei profanen Zeitvertreib trauen Sie mir zu?! In vergangenen Zeitepochen hätte die Artikulation Ihrer Frage schon eine Satisfaktion zur Folge.«

»Sie spielen also nicht«, brummte Pfeiffer und setzte den Blinker, um an Reichwalds Ecke von der Hauptstraße in die Hindenburgstraße abzubiegen.

»Nein, natürlich nicht. Ich habe mir einige Facebook-Einträge zum Umbau des Siegufers angeschaut.« Arne steckte das Smartphone in seine Jacketttasche.

»Oh, sorry«, nuschelte Pfeiffer und fragte: »Und!? Was schreiben die Leute so?« Um gleich darauf hastig hinzuzufügen: »Ich möchte das jetzt nicht wörtlich rezitiert haben. Mir genügt eine Zusammenfassung Ihrer Meinung.«

»Meiner Meinung?!« staunte Arne.

Pfeiffer nickte und lenkte den Dienstwagen in die Fürst-Johann-Moritz-Straße.

»Okay, zusammenfassend würde ich zu dem Schluss kommen, dass die Mehrzahl der Absender einen Baustopp begrüßen würde, da es sich bei diesen Absendern um Geschäftsleute handelt.«

»Das ist doch mal eine Aussage«, grinste Pfeiffer und stoppte den Wagen an der Kreuzung zur Gebrüder-Busch-Straße.

Sie mussten von dort aus noch einige Meter gehen, dann standen sie vor der Bauhütte. Dort säuberte gerade ein Bauarbeiter mit einem Lappen die Außenwand des Containers. Die Polizisten konnten noch schwach die Buchstaben lesen, die jemand mit roter Farbe hingeschmiert hatte.

»Haut ab!« las Pfeiffer laut.

Bauleiter Martin, der dem Mann beim Säubern zusah, drehte sich zu den ankommenden Beamten um.

»Herr Hauptkommissar, endlich! Ich hoffe, Sie bringen gute Nachrichten!«

»Nun, ja und nein«, antwortete Pfeiffer und blieb neben Funk stehen. »Wollen Sie eine Anzeige wegen dieser Schmiererei aufgeben?«

»Nein, das wird nicht nötig sein«, antwortete Funk. »Ich denke, das war nicht die letzte.«

»Das Projekt scheint ja nicht alle mit Begeisterung anzustecken, was!« Pfeiffer klopfte dem Bauleiter auf die Schulter. »Aber Sie dürfen jetzt weitermachen. Die Entscheidung kam von ganz oben.«

»Zum Glück!« stieß Martin aus und wollte sich entfernen.

»Einen Moment noch, Herr Funk«, bremste ihn Pfeiffer. »Könnten wir uns kurz unterhalten?«

»Worüber?« Martin blickte die Polizisten skeptisch an.

»Wir haben noch ein paar Fragen«, lächelte Pfeiffers Mund, seine Augen lächelten nicht.

»Wenn es notwendig ist«, murmelte Martin.

»Ist es«, nickte Pfeiffer. »Gehen wir doch in den Container.«

»Wir nennen diesen Container unsere Bauhütte«, korrigierte Martin den Hauptkommissar.

»Meinetwegen! Nach Ihnen.«

Die Beamten folgten Martin in die Bauhütte.

»Wie kann ich Ihnen weiterhelfen?« fragte Martin ungeduldig.

Pfeiffer schien es nicht eilig zu haben. Er sah sich um. Holzbaum suchte für seinen massigen Körper einen Platz, wo er nicht im Weg stand. Arne tippte wieder auf seinem Smartphone herum.

»Eine Menge Pläne hängen hier an der Wand.« Pfeiffer trat an eine der Quadratmeter großen Zeichnungen heran.

»Das ist eine Bauhütte, Herr Pfeiffer«, sagte Martin.

»Schon klar«, nickte der Hauptkommissar. »Das sieht recht kompliziert aus.«

»Wenn man weiß, wie die Pläne zu lesen sind, ist es ganz einfach«, stöhnte Martin.

Arne blickte plötzlich auf. Er trat einen Schritt an Pfeiffer heran und sagte: »Chef, das müssen Sie sich ansehen!«

Der Jungkommissar zeigte auf sein Smartphone. Pfeiffer wusste einen Augenblick lang nicht, was er mit dem Telefon anfangen sollte. Arne deutete auf eine Zeile.

»Oh, das ist ja abgefahren«, zischte der Hauptkommissar. »Gut gemacht, Affolderbach.«

Erneut wandte sich Pfeiffer zu Martin. Dem Bauleiter gefiel das nicht.

»Herr Funk, wissen Sie eigentlich, wen wir da aufgefunden haben?«

»Nein! Sie haben gestern Abend alles abgesperrt. Und ein Name ist mir noch nicht genannt worden. Weshalb fragen Sie?« Martin spürte einen unangenehmen Magendruck.

»Es handelt sich bei der Toten um Thea Meiswinkel«, antwortete Pfeiffer.

Martins Gesichtsausdruck versteinerte. Er fasste sich an den Magen und musste sich setzen. »Was?!« seufzte er. »Thea ist tot?!«

7

Einen knappen Kilometer den Siegberg hinauf nahm Tristan Irle sich vor der Stadträtin in Acht. Waltraut Schröder wusste ganz genau, wie sie ihr mädchenhaftes Gekicher einsetzen musste. Selbst ihr Quieken schien sie nicht als peinlich zu empfinden. Sie tat so, als wäre sie ein plumpes Dorfkind oder spielte eine Frau, die man nicht ganz ernst nehmen konnte. Doch der Detektiv erkannte januskӧpfige Gestalten: Menschen, die mit zwei *Gesichtern* herumliefen. Das vordere Gesicht lächelt einen an, während das hintere Gesicht nach dem Dolch schielt. Außerdem wusste Tristan, dass man nicht einfach so in den Stadtrat gewählt wurde. So anbiedernd sich Waltraut Schröder bei ihrem Wahlvolk auch gab, zuvor musste sie eine Wahl hinter verschlossenen Türen gewonnen haben. Denn jede Kandidatin und jeder Kandidat wurde von seiner Partei aufgestellt. Da spielte es keine Rolle, zu welcher Partei man gehörte. Wenn Waltraut Schröder wirklich so eine Landpomeranze wäre, wie sie Tristan vorzuspielen versuchte, dann hätte ihre Partei sicherlich nicht einer Kandidatur zugestimmt.

Deshalb nahm sich Tristan in Acht vor der Politikerin.

»Was wollen Sie?« Er ließ alle Höflichkeit fallen. Selbst der freundliche Gesichtsausdruck verwandelte sich in eine Maske.

»Oh, warum plötzlich so angriffslustig?« kicherte sie.

»Ich habe zu tun, Frau Schröder. Also kommen Sie zur Sache!« Tristan spielte mit dem Autoschlüssel.

Das nach dem Dolch schielende Gesicht trat zum Vorschein.

»Also gut!« Die Worte klangen wie ein Kommando. »Hatten Sie Kontakt mit der Stadtverwaltung?«

»Ich wüsste nicht, dass Sie das etwas angehen würde«, erwiderte der Detektiv.

»Sie sollten wissen, dass ich Mitglied im Bauausschuss der Stadt Siegen bin. Meine Partei stellt zwar nicht den amtierenden Bürgermeister, dennoch haben wir ein großes Interesse daran, dass die Neugestaltung des Siegufers ein voller Erfolg wird.« Sie sprach den Satz aus, ohne einmal Luft zu holen.

»Es ist im Interesse aller Stadtbewohner, dass diese Baumaßnahme ein Erfolg wird.« Tristan lächelte, doch es war kein herzliches Lächeln.

»Das ist beruhigend aus Ihrem Mund zu hören«, nickte die Stadträtin. »Dennoch sind Kräfte am Werk, die dem Projekt kritisch gegenüberstehen.«

»In einer Demokratie ist das ein ganz normaler Zustand«, antwortete Tristan spitz.

»Da stimme ich Ihnen zu«, schnaufte sie. »Doch der Grat ist manchmal äußerst schmal, auf dem sich diese Kritiker bewegen. Zumal den Feinden der Umbaumaßnahme ein beträchliches finanzielles Arsenal zur Verfügung steht.«

Tristans graue Zellen schalteten einen Gang herauf.

»Sie befürchten, dass die gefundene Leiche das Ergebnis eines Auftragsmordes ist?!« fragte Tristan langsam und betont.

»Können Sie das ausschließen?« Die Stadträtin meinte die Gegenfrage ernst.

»Frau Schröder, momentan ist nicht einmal sicher, dass die gefundene Leiche überhaupt etwas mit dem Umbau zu schaffen hat«, log der Detektiv.

»So?!« schmunzelte Waltraut. »Soll ich Ihnen das wirklich glauben?«

»Mir ist es ziemlich egal, was Sie mir glauben«, antwortete Tristan verstimmt und wandte sich ab.

»Dann möchte ich Ihnen einen guten Rat geben.« Sie straffte ihren Körper und erklärte entschlossen: »Bei diesem Projekt ist eine Menge privates Geld im Spiel. Das Geld von Immobilienbesitzern, Kaufleuten und Geldinstituten. Die gesamte Infrastruktur der Unterstadt wird umgekrempelt. Und nicht jeder der Beteiligten wird davon profitieren. Suchen Sie nach denjenigen, die am meisten verlieren würden, dort finden Sie den Mörder.« Waltraut Schröder grinste, was ihre weißen Zähne in der Morgensonne aufblitzen ließ. »Ach, ich vergaß! Es ist ja gar nicht sicher, dass die ganze Sache etwas mit dem Umbau zu schaffen hat. Ich wünsche Ihnen noch einen angenehmen Tag.«

Das Klappern ihrer Absätze hallte über das Pflaster, als sie in Richtung Rathaus den Hof verließ.

Tristan schüttelte den Kopf und öffnete das Verdeck seines Borgwards. Es wurde Zeit, ein paar verlässliche Fakten zu sammeln. Die erhoffte er sich aus der Pathologie.

Ihm grauste vor dem Besuch im Krankenhaus. Bei all seinen Fällen hatte er es bis jetzt vermieden, den Sezierraum aufzusuchen. In den meisten Fällen reichte der Bericht völlig aus, den die Gerichtsmediziner verfassten. Doch der Detektiv ahnte, dass er bei diesem Fall allein mit dem bedruckten Papier keinen Überblick schaffen konnte.

Also startete er den Motor des Oldtimers und rollte langsam aus dem Hof hinter der Marienkirche. Das Wetter verwöhnte die Stadtbewohner mit angenehm warmen Temperaturen. Sie saßen vor den Cafés der Oberstadt und bestaunten den Detektiv in seinem schmucken Cabriolet, als er an ihnen vorbeifuhr. Er folgte der Löhrstraße bis zum Marburger Tor, dort entschied er, den Kampen hinunterzufahren, um dann auf die Sandstraße in Richtung Innenstadt abzubiegen. Die vierspurige Hauptstraße führte ihn zur Reichwalds Ecke. An der Kreuzung musste er an einer roten Ampel halten.

Tristan sah die Straße entlang und dachte:

Hinter dieser Kreuzung wird in ein paar Monaten die Straßenführung geändert. Aus der vierspurigen Sandstraße wird dann eine einspurige Einbahnstraße. Er würde dann nicht mehr aus Richtung Kaisergarten am Kölner Tor vorbeifahren können. Der Straßenverkehr wäre nur in die andere Richtung möglich. All die Geschäfte an den beiden Straßenseiten würden durch die Baumaßnahmen belastet. Es war gar nicht zu abwegig zu glauben, dass das den Inhabern nicht gefallen wird.

Die Ampel sprang auf Grün. Gemächlich rollte der Oldtimer an den Geschäften vorbei. Tristan erkannte das Geschäft von Horst Schneider und fragte sich, ob das alte Geschenkehaus die Veränderung überleben würde?

Hinter dem Kölner Tor wechselte der Straßenname und aus der Sandstraße wurde die Koblenzer Straße. Der folgte Tristan, um nach einigen hundert Metern auf die Leimbachstraße abzubiegen.

Die Leimbachstraße führte aus der Stadt hinaus. Bereits nach wenigen Minuten Fahrt sah er das Krankenhausgebäude rechts am Berghang stehen. Nachdenklich näherte er sich seinem Ziel. Bevor er die Leimbachstraße verließ, passierte er das Gebäude des TÜV. Das erinnerte ihn daran, dass die Nachuntersuchung seines Borgwards bevorstand. Tristan setzte den Blinker und fuhr die Wichernstraße hinauf der gerichtsmedizinischen Untersuchungsstelle entgegen.

8

Dr. Liliane Lindenberg griff gedankenverloren zum Telefonhörer. Sie bestaunte gerade, wie sich das Fleisch der toten Thea von ihren Knochen löste. Zu diesem Zweck lag der Leichnam in einem besonderen Becken, das mit einer Flüssigkeit gefüllt war. Das Becken hatte die Größe einer Badewanne und bestand aus transparentem Acrylglas. Die Flüssigkeit zersetzte das Gewebe, ohne die Knochen anzugreifen. Kleine Düsen wirbelten die Flüssigkeit auf, damit wurde der Vorgang beschleunigt. Ab und zu stießen Knochenteile in der rotbraunen Soße gegen das Acrylglas und wurden sichtbar.

»Lindenberg«, sprach sie in den Hörer. »Ja, das geht in Ordnung. Ich kenne den Mann. Schicken Sie ihn herunter.«

Die Pathologin nahm sich eine Art Grillzange und fischte einen Ellenknochen aus dem Becken. Es handelte sich um die linke Elle, die sogenannte Ulna. Lil kontrollierte den Knochen, um festzustellen, ob die Flüssigkeit keinen Schaden verursachte. Das Ergebnis stimmte sie zufrieden. Sie wollte ihn gerade auf einen metallenen Seziertisch legen, als ihr feine Frakturen in der Mitte der Elle auffielen. Vorsichtig legte sie den Knochen unter eine spezielle Kamera. Die Kamera war an einem Schwenkarm befestigt, der sich so bewegen ließ, dass Gegenstände, egal wo sie auf dem Seziertisch lagen, mit der Kamera aufgenommen werden konnten. Eine spezielle Vergrößerungslinse sorgte für mikroskopisch genaue Aufnahmen, die auf einem Monitor neben dem Seziertisch projiziert wurden.

»Die Knochenverletzung ist ante mortem«, murmelte sie und blickte auf, als sie jemand über den Flur auf ihr Labor zukommen hörte.

Tristan klopfte vorsichtig gegen die Tür. Er scheute sich davor, an diesem Ort Lärm zu machen. Der Detektiv wusste, dass hinter den mausgrauen Wänden Tote gelagert wurden.

»Kommen Sie herein«, rief Lil freundlich von innen.

Tristan öffnete die Tür und betrat den Untersuchungssaal der Siegener Gerichtsmedizin.

Lil kam ihm bereits ein paar Schritte entgegen.

»Hallo, Herr Irle«, grüßte sie und hob ihre Hände hoch. »Ich denke, das förmliche Händeschütteln können wir uns sparen.«

Sie trug Latexhandschuhe, die deutliche Spuren von rotbrauner Flüssigkeit zeigten, die Tristan in dem badewannengroßen Behälter blubbern sah.

»Darauf können wir gerne verzichten«, antwortete der Detektiv hastig.

»Schön«, grinste Lil. »Sie wollen sicherlich wissen, wie die Frau gestorben ist.«

Tristan nickte und blickte sich um.

Das Labor wirkte aufgeräumt und dank ausreichender Beleuchtung fiel der Gruselfak-tor gleich Null aus. Der Geruch allerdings wirkte beunruhigend auf ihn. Es stank nicht nach Verwesung, sondern wie in einem Chemielabor. Eine Geruchsmischung, die aus Fäulnis und Desinfektionsmittel einen Duftcocktail ergab, dem Tristan die Nasenhärchen hochstehen ließ.

»Kommen Sie, ich zeige Ihnen, was ich herausgefunden habe.« Lil trat an einen Tisch, auf dem große Metallschalen standen.

Der Fäulnisgestank schwebte eindeutig über diesen Schalen.

»Das Opfer ist ertrunken«, erklärte Lil. Sie deutete auf eine breiige Substanz. »Das ist die Lunge des Opfers. Ich konnte feststellen, dass die Lungenbläschen mit Wasser gefüllt waren. Momentan lasse ich das darin gefundene Wasser untersuchen. Ich möchte wissen, ob das Wasser aus der Sieg stammt.«

»Das ist ein guter Einfall«, nickte Tristan und wandte sich von den Schalen ab. Der Geruch wurde unerträglich. »Was passiert dort in dem Becken?« Er ging auf das Becken zu.

In diesem Augenblick stieß Theas Schädel gegen das Acrylglas.

»Wow, was war das denn?« Der Detektiv fasste sich an die Brust und atmete langsam ein.

»Ich hätte Sie warnen sollen«, grinste die zierliche Pathologin und ging zum Becken. »Nachdem ich die Weichteile untersuchte und keine neuen nennenswerten Erkenntnisse fand, habe ich mich dazu entschlossen, die Knochen, also das Skelett, genauer zu untersuchen. Dazu muss ich die Knochen vom Fleisch und Gewebe befreien. Die Flüssigkeit im Becken löst diese Stoffe auf, ohne den Knochen zu beschädigen.«

Der Detektiv trat vorsichtig an das Becken heran.

»Was erhoffen Sie sich davon?« Tristan schielte zwischen Becken und Lil hin und her.

»Die Knochen verraten eine Menge über den Menschen«, begann Lil zu erklären. »Sie zeigen uns eine komplette Krankengeschichte. Sie sagen uns, was der Mensch gegessen oder ob er Sport betrieben hat. Und in vielen Fällen zeigen sie uns, wie ein Mensch zu Tode gekommen ist.«

»Das wissen wir doch schon. Thea ist ertrunken«, antwortete Tristan.

»Ja, das ist korrekt. Aber wollen Sie nicht wissen, wie es zu diesem Ereignis gekommen ist?« Lil ging vom Becken weg. »Kommen Sie, ich möchte Ihnen was zeigen.«

»Sie können herausfinden, wie es zu diesem Unglück gekommen ist?« wunderte sich Tristan.

»Ja, das kann ich«, nickte Lil und blieb vor dem Seziertisch stehen. Sie deutete auf den Knochen. »Das ist die linke Elle der Toten. An ihr habe ich feine Frakturen gefunden. Schauen Sie auf den Bildschirm.« Lil nahm einen Stift und deutete auf den Knochen. »Sehen Sie hier, das ist eine Fraktur. Anhand der Bruchlinien kann ich mit Bestimmtheit sagen, dass diese Verletzung vor dem Tod zugefügt wurde. Des Weiteren habe ich Ihnen schon gestern Abend mitgeteilt, dass das rechte Schlüsselbein und das rechte Stirnbein verletzt wurden.«

»Können diese Verletzungen nicht durch den Sturz in die Sieg verursacht worden sein?« fragte Tristan, den die gestochen scharfe Abbildung faszinierte.

»Dazu kann ich zum gegenwärtigen Zeitpunkt keine klare Aussage machen«, antwortete Lil. »Spekulationen sind mir zuwider.«

»Also wissen wir nicht mit Sicherheit, dass es sich um Mord handelt«, stöhnte Tristan.

»Da muss ich Ihnen zustimmen«, nickte Lil.

»Mein Bauchgefühl sagt mir jedoch«, brummte Tristan und sah erneut zu dem Becken, »dass die Umstände, wie die Dokumentarfilmerin ums Leben kam, dubios genug sind, um weiter zu ermitteln.«

»Wie ich gehört habe, scheint Ihr Bauchgefühl Sie noch nicht im Stich gelassen zu haben«. Lil lächelte den Detektiv freundlich an. »Für mich sind diese emotionalen Hinweise, die die Bauchspeicheldrüse aussendet, jedoch keine Grundlage, um daraus vernünftige Schlussfolgerungen zu ziehen. Sie sind schlichtweg nicht nach wissenschaftlichen Methoden reproduzierbar und damit eigentlich gar nicht aussagekräftig.«

9

Martin Funk öffnete eine Flasche Wasser. Seine Hände zitterten, als er sich ein Glas eingoss.

»Sie scheinen ja echt mitgenommen zu sein«, bemerkte Pfeiffer ungerührt. »Sie standen sich also nahe!«

»Thea war meine Ex-Freundin«, stöhnte Martin und trank einen kräftigen Schluck Wasser. »Sie hat Schluss gemacht.«

»So?!« wunderte sich der Hauptkommissar. »Dann waren Sie wohl mächtig sauer auf Ihre Ex.«

Martin sah auf und schüttelte den Kopf. »Das hängen Sie mir nicht an. Ich habe mit Theas Tod nichts zu tun.«

»Es ist aber schon verdächtig, dass man die Leiche an Ihrem Arbeitsplatz findet«, bemerkte Holzbaum. Feine Schweißperlchen bildeten sich auf seiner Stirn. In der Bauhütte wurde es stickig und warm. Der Kommissar sah sich nach dem einzigen Fenster um. »Würde es Ihnen was ausmachen, wenn wir das Fenster öffnen?«

»Das lässt sich nicht öffnen«, stöhnte Martin und goss sich ein weiteres Glas ein. »Sie können glauben, was Sie wollen. Ihnen ist ja sicher aufgefallen, dass da draußen ein Fluss fließt. Zur Erinnerung, er fließt von Weidenau nach Eiserfeld. Also von Norden nach Süden, grob beschrieben. Thea kann irgendwo weit weg von hier in den Fluss gefallen und hierhergetrieben worden sein. Das hat mit mir gar nichts zu tun. Außerdem haben wir uns schon über drei Wochen nicht gesehen. Meine letzte Nachricht ist genauso alt.«

Pfeiffer blickte zu Arne. »Affolderbach, stimmt das?«

Der Jungkommissar blickte auf sein Smartphone, auf dem er die Eintragungen angezeigt bekam. »Ja, der letzte Eintrag ist so alt.«

»Na, dann lassen wir Sie jetzt mal in Ruhe weiterarbeiten«, sagte der Hauptkommissar.

Martin sah auf. »Heißt das, dass wir mit dem Abriss fortfahren können?!«

»Ja, auch wenn mir das überhaupt nicht gefällt«, knurrte Pfeiffer. »Sie haben ein paar mächtige Freunde.« Er öffnete die Tür. »Wenn Ihnen etwas einfällt, das uns weiterhelfen könnte, dann teilen Sie uns das mit.«

»Sicher«, nickte Martin und dachte, du kannst mich mal.

Die frische Luft vor der Bauhütte wirkte vitalisierend auf die Beamten. Pfeiffer, dessen Hormone seinen Organismus wie einen Junkie mit Crack versorgten, wurde noch quirliger, als er schon war. Holzbaum atmete mehrmals ein und wischte sich die Schweißperlchen von der Stirn. Einzig und allein Arne schien von der Luftveränderung nicht sonderlich betroffen zu sein. Er blickte immer noch auf sein Handy und meinte schließlich:

»Wir sollten uns Theas Computer anschauen. Wenn ich die Einträge auf ihrer Internetseite richtig interpretiere, dann komme ich zu dem Ergebnis, dass sie an etwas Elementarem arbeitete.«

»Elementarem?!« Pfeiffer schüttelte den Kopf. »Sie meinen, die Dokumentarfilmerin war da an einer heißen Story dran!«

»Ja, das sagte ich doch«, antwortete Arne verdutzt.

»Mann, dann teilen Sie das auch verständlich mit«, schnaufte der Hauptkommissar. »Hat jemand die Adresse aufgeschrieben?«

»Ja!« Arne hob den Zeigefinger, als wäre er in der Schule.

»Gut, aber bitte lassen Sie diese Geste!« Pfeiffer kramte eine Schachtel Zigaretten aus seinem Jackett.

»Rauchen ist tödlich«, sagte Arne.

»Eine Kugel auch«, erwiderte Pfeiffer lakonisch und steckte sich eine Zigarette an. »Wo müssen wir hin?«

Arne zog sein Handy erneut hervor.

»Was! Schon wieder dieses Ding!« maulte Pfeiffer.

»Selbstverständlich! Diese moderne elektronische Errungenschaft der westlichen Ingenieurstechnik ermöglicht es einem intelligenten User, ergebnisorientierte Anwendungen zu benutzen. Zum Beispiel dieses Programm. Es kann Textpassagen mit einer im Handy eingebauten Kamera aufnehmen. Das Programm erkennt anschließend, ob es sich um Fließtext oder um eine Adresse handelt.«

»Wo müssen wir hin?« knurrte Pfeiffer genervt.

»Ja, einen Moment noch.« Arne tippte auf dem Handy herum und sagte schließlich: »In den Gerhart-Hauptmann-Weg.«

»Stimmt das, Holzbaum?« fragte Pfeiffer.

»Ist korrekt«, antwortete Holzbaum. »Affolderbach, ein altmodischer Notizblock in der Hosentasche hätte es auch getan.« Der Kommissar hielt ein solches Exemplar in der Hand und grinste Pfeiffer zu.

Wenig später saßen die Beamten im Auto und das bewegte sich nicht mehr ganz so gemächlich über die Straße wie noch auf der Hinfahrt.

Theas Wohnung lag in Weidenau am Haardter Berg, auf dessen Spitze die Siegener Universität mit burgenähnlichen Gebäuden thronte. Die hellblau und die rot gestrichene Alma Mater war schon von Weitem zu sehen. Pfeiffer jagte über die Hüttentalentlastungsstraße (HTS) dem Berg entgegen. An der Anschlussstelle Weidenau bog er auf die B 62 ab und folgte der Bundesstraße bis zu einer Kreuzung, die hinauf zur Hochschule führte. Der Motor heulte kurz auf, als der Hauptkommissar runterschaltete, um die kurvenreiche Straße mit Tempo zu meistern. Sie mussten um den Berg herumfahren, da der Gerhart-Hauptmann-Weg auf der westlichen Seite lag und sie von Osten anfuhren. Schließlich erreichten sie ihr Ziel und Pfeiffer suchte einen Parkplatz. Da er in der schmalen Straße keinen geeigneten Platz fand, stellte er den Wagen auf der Straße ab.

»Ist das eine gute Idee?« fragte Arne, als er das Dienstfahrzeug verließ.

»Was?« brummte Pfeiffer.

»Das Automobil mitten auf der Fahrbahn stehen zu lassen. Ein Rettungsfahrzeug passt hier nicht mehr hindurch.«

»Was kann ich dafür, dass die olle Straße nicht breiter ist.« Pfeiffer zuckte mit den Schultern. Dann schlug er die Fahrertür zu und fragte scharf: »Ich hoffe, einer von euch hat den Wohnungsschlüssel eingesteckt.«

»Nicht nötig, Chef«, antwortete Holzbaum. »Die Vermieter wohnen im Haus, die lassen uns rein.«

»Na, dann wollen wir mal hoffen, dass die Vermieter auch da sind.«

Sie gingen auf ein Mehrfamilienhaus zu. Der Zugang war mit Holunderbüschen gesäumt, die einen makellosen Steinboden flankierten. Die Ritzen zwischen den Bodenplatten waren säuberlich von Unkraut befreit. An der Haustür hing ein Blumenkranz. Links und rechts der Haustür standen auf dem Boden zwei Terrakottafiguren. Die einen Meter hohen Figuren stellten ein Bauernmädchen und einen Bauernjungen dar. Beide Figuren hielten einen Holzeimer in der Hand, in denen rosa und blaue Veilchen wuchsen.

»Was für ein Kitsch«, maulte Pfeiffer und drückte den Klingelknopf, auf dem nicht Meiswinkel stand.

»Dieses Arrangement verrät ein tiefes Bedürfnis nach einer heilen Welt«, kommentierte Arne Pfeiffers Ausbruch. »Menschen, die sich mit derlei Exponaten umgeben und auch noch die

Zeit finden, sich der Gartenpflege zu widmen, haben ein starkes Harmoniegefühl.«

»Ich denke eher, die sollten sich mal einem Psychiater anvertrauen«, grunzte der Hauptkommissar und baute sich vor der Haustür auf.

Durch das Milchglas der Haustür erkannten sie, dass sich jemand näherte.

Arne blickte zu Holzbaum, der Kommissar schüttelte den Kopf, ohne dass das Pfeiffer mitbekam.

»Was soll dieses Verhalten?« flüsterte Arne dem gewichtigen Holzbaum zu.

»Nicht jetzt«, warnte Holzbaum. »Erkläre ich Ihnen später.«

Die Haustür wurde geöffnet und eine mittelgroße füllige Dame mit einem Strohhut auf dem Kopf sah die Beamten überrascht an.

»Guten Tag«, schnaufte Pfeiffer und konnte seinen Blick nur mit Mühe von dem Strohhut losreißen. »Ich bin Hauptkommissar Pfeiffer und das sind meine Kollegen. Wir müssen uns mal in der Wohnung von Thea Meiswinkel umsehen.«

Die Dame musterte die Besucher skeptisch.

»Bitte zeigen Sie mir zuerst einmal Ihre Ausweise!« piepste sie.

Pfeiffer nickte und zog seinen Ausweis aus der Jacketttasche. Die beiden anderen taten es ihm nach. Die Vermieterin trat einen Schritt heran und musterte jeden der Ausweise, schließlich nickte sie und forderte dann: »Und nun zeigen Sie mir bitte den Durchsuchungsbescheid!«

»Den was?!« schoss es aus Pfeiffer heraus.

»Den Durchsuchungsbescheid!« wiederholte die Vermieterin. »Oder glauben Sie wirklich, ich lasse Sie ohne einen Bescheid in die Wohnung!«

»Gute Frau«, Pfeiffers Worte zischten zwischen seinen schmalen Lippen hindurch. »Wir ermitteln in einem Mordfall!«

»Mord!« Sie trat entsetzt einen Schritt zurück. »Der guten Thea ist doch nichts passiert?!«

»Oh doch. Sie hat uns leider verlassen«, antwortete Pfeiffer mit einem Schuss Sarkasmus.

»Oh, mein Gott! Wie schrecklich!« rief die Vermieterin und begann mit den Händen vor ihrem Gesicht herumzuwedeln.

»Oh nein, werden Sie uns jetzt nicht ohnmächtig!« rief Pfeiffer.

»Was soll das! So leicht werde ich doch nicht ohnmächtig, Herr Kommissar!« Sie strafte den Beamten mit einem missbilligenden Blick und sagte dann: »Ich hatte schon so eine Ahnung. Thea ist seit einigen Tagen nicht mehr hier gewesen. Kommen Sie, ich zeige Ihnen den Weg.«

»Wenn Sie sich Sorgen gemacht haben, warum haben Sie nicht die Polizei benachrichtigt?« Pfeiffer folgte der Vermieterin in das Haus.

»Thea ist öfters einige Tage unterwegs. Sie ist eine Dokumentarfilmerin, wissen Sie. Sie sagt dann immer Bescheid und ich kümmere mich dann um ihre Pflanzen. Allerdings hat sie dieses Mal nichts gesagt.«

Sie führte die Beamten eine Treppe hinauf und blieb dann vor einer Wohnungstür stehen. Die Vermieterin kramte in einer ihrer Taschen und holte einen Schlüsselbund heraus. Sie zögerte einen Augenblick, die Tür zu öffnen.

»Es ist sicherlich im Sinne von Thea, wenn Sie uns die Wohnung zeigen«, sagte Holzbaum.

Die Vermieterin nickte, schloss die Tür auf und trat ein.

»Oh, mein Gott! Was ist denn hier passiert!« rief sie.

Die Wohnung sah aus, als hätte ein Wirbelsturm sie heimgesucht.

3. Das Büro war ...

Donnerstagmittag

Das Büro war angenehm kühl. Außerdem sorgten besondere Schalldämm-Maßnahmen dafür, dass kein Geräusch von draußen hereindrang und ebenso kein Laut von innen nach außen hörbar war. Robert Krämer war sehr dankbar dafür. Im Moment verfolgte er auf einem Flachbildschirm-Fernseher die Bemühungen einer halb nackten Blondine, wie sie eine Poliercreme für Autolack an den Mann bringen wollte. Krämer hätte auch ein PC-Spiel auf dem hochauflösenden Bildschirm spielen können, doch dazu fehlten ihm schlicht die nötigen Fähigkeiten, wie kreatives Denken, vorausschauendes Handeln, Empathie oder die Fähigkeit einen raschen Perspektivenwechsel mental durchzuführen. Also Fähigkeiten, die man guten Unternehmern wünscht, damit das Unternehmen gedeihen kann. Es war kaum zu glauben, dass Krämer die angesehene Bankakademie erfolgreich bestanden hatte, um von der Bankenaufsicht als Chef eines Geldinstitutes akzeptiert zu werden. Offenbar reichte die handwerkliche Fähigkeit aus, eine Bilanz lesen zu können. Krämer wusste darüber hinaus auch, wie man eine Überweisung ausfüllte, die den neuen europäischen Regeln entsprach. Ihm war ebenfalls der grundlegende Mechanismus bekannt, wie ein Geldinstitut funktionierte, was dem Aufsichtsrat anscheinend genügte, um ihn mit der Leitung der Bank zu beauftragen. Letztendlich war er bloß ein Verwalter. Er zählte die Euros im Safe und griff ein ordentliches Gehalt ab. Das Gehalt war mehr, als er sich jemals hätte träumen lassen. Da sein Kollege in der Führungsspitze ebenfalls unternehmerische Defizite mitbrachte, lebte es sich für ihn ausgesprochen gut. Er musste nur dafür sorgen, dass der Aufsichtsratsvorsitzende August Schuster zuvorkommend behandelt wurde, und alles blieb, wie es war.

Die Blondine wackelte mit ihrem Busen und schien einen Käufer am Telefon überzeugt zu haben. Krämer grinste und goss sich ein Glas Wasser ein, als das Telefon klingelte.

»Krämer!« sagte er forsch. »Was? Schuster steht vor der Tür? Ja, ja, er kann reinkommen.«

Hastig drückte Krämer einen Knopf auf der Fernbedienung und der Flachbildschirm begann sich hinter einen Hängeschrank abzusenken. Dann wischte er sich über seine Glatze und stand auf. Er ging langsam zur Bürotür, die im selben Moment von seiner Sekretärin geöffnet wurde.

»Schön, Sie zu sehen, Herr Schuster«, lächelte Krämer, der noch kurz zum Fernseher schaute, der gerade verschwand.

»Ihnen auch einen schönen Tag«, brummte Schuster.

Der Geschäftsmann und Aufsichtsratsvorsitzende der Genossenschaftsbank steuerte eine Sitzgruppe an, die für Besprechungen in Krämers Büro eingerichtet worden war.

»Nun, Herr Krämer«, mit einem lauten Stöhnen ließ sich Schuster in einen Sessel fallen, »wie weit sind Sie mit den Verträgen für die versprochene Grundbucheintragung?«

»Alles bestens, Herr Schuster«, antwortete Krämer und setzte sich zu seinem Aufpasser. »Möchten Sie vielleicht einen Kaffee?«

»Nein danke.« Schuster schüttelte den Kopf, dann musterte er seinen Vorstand. »Sie haben noch gar nichts gehört, oder?«

Krämer blickte auf und einen Moment lang schien eines seiner Augenlider zu zucken. Krämers Gehirn begann sich zu fragen, ob es etwas übersehen oder vergessen hatte.

Schuster seufzte und meinte: »Sie sollten im Siegerland leben und nicht da drüben im Ausland. Sie interessieren sich ja gar nicht für unsere Belange.«

»Oh, doch, das tue ich ganz sicher«, erwiderte Krämer reflexartig.

»Und wie kommt es dann, dass Sie von dem, was ich gerade anspreche, keine Ahnung haben?« Schuster knurrte missbilligend.

Schuster hatte weiß Gott andere Dinge zu erledigen, als seinem Vorstand den Weg zu weisen. Aber da lag die Krux begraben. Es war Schusters Entscheidung, den Mann aus dem

Nachbarkreis zu holen. Jetzt musste Schuster sich damit auseinandersetzen. Zum Glück hatten die Mitglieder sich noch nicht darüber ausgelassen, dass das gute Geld, das der Aufsichtsrat seinem Vorstand genehmigt hatte, gar nicht mehr in der Region blieb. Eigentlich ein schlimmer Verstoß gegen das ehrenhafte Prinzip der Genossen, sich gegenseitig zu unterstützen. Aber darüber konnte Schuster hinwegsehen, wenn das versprochene Geschäft zu Stande kam.

»Sie haben noch nichts von der Leiche im Siegbett gehört?« fragte der Aufsichtsratsvorsitzende laut.

»Nein, was für eine Leiche?« wunderte sich Krämer – und plötzlich begann sein linkes Augenlid zu flattern. Sein Verstand hatte am Morgen einen bruchstückhaften Wortwechsel zwischen zwei Mitarbeitern des Geldinstitutes aufgenommen, in denen von einer Leiche im Siegbett die Rede war. Irgendwie schafften es die schlaffen Gehirnneuronen, einen Gedankenblitz zu erzeugen, der beide Aussagen zusammenbrachte. Man konnte in Krämers Gesicht förmlich sehen, wie es „Klick" machte. Nervös fuhr er hoch und fragte: »Ist der Abriss der Siegplatte gestoppt worden?«

»Ja, das ist er!« schnaufte Schuster. »Gefährdet das die Transaktion?«

Krämer hatte keine Ahnung, aber das konnte er seinem Vorsitzenden ja schlecht sagen, also setzte er sein Pokerface auf und meinte: »Das Geschäft wird zeitnah abgewickelt werden.«

»Na, dann bin ich ja zufrieden.« Schuster stand auf. »Ich verlasse mich darauf.«

»Können Sie!« nickte Krämer. »Ganz sicher!«

2

Tristan Irle traute seinem Bauchgefühl. Es war ihm ziemlich egal, dass man damit keine akzeptierte wissenschaftliche Methode begründen konnte. Dennoch fand er Lils Entscheidung vernünftig, voreilige Schlüsse zu vermeiden. Der Detektiv stand vor dem Krankenhaus und genoss die warmen Sonnenstrahlen, die es tatsächlich bis ins Siegerland geschafft hatten. Plötzlich ertönte eine laute Sirene in seiner Jackentasche und Tristan zuckte zusammen. Der ausgewählte Klingelton hätte den Weltuntergang einläuten können, so laut war er eingestellt. Hastig kramte der Detektiv nach seinem Handy und zog es aus der Strickjackentasche. Dann meldete er sich, wie er es einst von seiner Mutter gelernt hatte, mit seinem Namen und nicht mit dem plebejischen JA.

Stadtbaurat Roland Rudik sprach am anderen Ende der Leitung.

»Ich störe Sie doch nicht?« fragte der Baurat freundlich.

»Das wollen Sie mich doch sicherlich nicht fragen«, erwiderte Tristan sachlich.

»Nein, ganz sicher nicht«, Rudik machte eine Pause. »Wir haben erfahren, dass die Polizei die Wohnung der Dokumentarfilmerin untersucht. Wäre es Ihnen möglich, sich den Beamten anzuschließen? Möglichst schnell?« Anschließend nannte er ihre Adresse.

»Gibt es einen Grund für die angemahnte Eile?« fragte der Detektiv.

»Pfeiffer«, antwortete der Baurat und legte auf.

Das Ganze gewann den Anschein einer Verschwörung. Woher wusste Rudik, dass Pfeiffer sich Theas Wohnung ansah?

Der Detektiv hatte keine Ahnung.

Da er aber Hauptkommissar Pfeiffers Vorgehensweise kannte, schien es Tristan klüger, keine Zeit mit Grübeln zu verplempern. So schnell es der alte Borgward-Motor zuließ, eilte er in Richtung Haardter Berg.

Pfeiffers Dienstwagen stand nicht mehr vor der angegebenen Adresse. Tristan kam zu spät. Während er vor dem Haus stehen blieb, um den nächsten Schritt zu überlegen, trat eine Politesse auf den Detektiv zu.

»Herr Irle?« fragte sie freundlich und bestaunte das offene Cabriolet.

Tristan nickte und sah die junge Politesse von, seinem Auto aus an.

»Die Polizisten sind vor zehn Minuten abgefahren. Allerdings soll ein Spurensicherungsteam sich die Wohnung nochmals genau ansehen.«

»Woher wissen Sie das?« unterbrach Tristan die junge Frau.

»Oh, ich hab mit der Vermieterin gesprochen, als die Kommissare das Haus verlassen haben.«

»Okay, aber woher wussten Sie, dass es sich bei den Männern um Kommissare handelte?« wunderte sich der Detektiv.

»Das Autokennzeichen, vielleicht?!« Sie verzog ihr Gesicht zu einem breiten Grinsen.

Die Politesse schien Tristans nächste Frage zu ahnen, deshalb erklärte sie: »Dass ich an diesem Ort bin, hat allein der Dienstplan zu verantworten.«

»Verstehe«, nickte Tristan.

Da die Stadtführung ein starkes Interesse an diesem Fall zeigte, war es durchaus vernünftig, die Dienstpläne auf den neusten Stand zu bringen. Es war ein Leichtes, in der Einwohnermeldedatei Theas Adresse ausfindig zu machen und einen Posten aufzustellen. Eine Politesse, die die Straße im Blick behielt, war genial.

»Frau Schwarzer, die Hausbesitzerin, wartet bereits auf Sie«, lächelte die Politesse.

»So?!« Tristan stieg aus.

»Ich habe Bescheid bekommen, dass Sie hier auftauchen werden. Man sagte mir außerdem, wenn die Polizisten nicht mehr vor Ort sein sollten, wenn Sie erscheinen, dann sollte ich alles Mögliche unternehmen, damit Sie in die Wohnung kommen. Ich bin froh, dass ich das hinbekommen habe.«

Die junge Frau schien wirklich erleichtert zu sein.

»Sie werden sehen, dass die Vermieterin, Frau Schwarzer, eine sehr liebenswürdige Frau ist.«

Die Haustür öffnete sich und Frau Schwarzer trat zwischen die beiden Terrakottafiguren. Freundlich begrüßte sie den Detektiv und führte ihn gleich zu Theas Wohnungstür.

»Die Wohnung ist völlig verwüstet worden«, flüsterte sie, als würde jemand zuhören. »So ein Durcheinander habe ich noch nicht erlebt. Ehrlich, das dürfen Sie mir glauben! Dabei muss ich doch nach den Pflanzen sehen! Der unfreundliche Kommissar, der kleine wieselige, kennen Sie den?«

Tristan nickte. Der Detektiv hatte das Gefühl, dass Frau Schwarzer ein eigenes Interesse an Theas Wohnung hatte.

»Der hat mich doch glatt aus der Wohnung rausgeschmissen, dabei gehört das alles mir.« Die Empörung war der Vermieterin im Gesicht abzulesen. Sie öffnete die Wohnungstür und trat dann ein. »Er hat sogar verboten, dass ich die Wohnung nochmals betrete. Aber der kann mich mal! Bitte kommen Sie doch.«

Theas Wohnung wurde gründlich auf den Kopf gestellt. Wer hier etwas gesucht hatte, der hatte es sicher gefunden. Frau Schwarzer eilte durch das Chaos und achtete darauf, auf nichts Zerbrechliches zu treten. Ihr Ziel war eine Reihe von Blumentöpfen, die entlang eines großen

Fensters aufgestellt waren. Tristan fiel auf, dass die Töpfe mehr oder weniger in Reihe dastanden. Dann sah er sich in der Wohnung genauer um. Teppiche waren umgeschlagen worden. Schubladen lagen auf dem Boden und hie und da waren Polster zerrissen worden. In jedem der vier Zimmer hatte der Einbrecher gründlich nachgesehen. Im Schlafzimmer hatte man sogar die Matratze aufgeschnitten. Als Tristan zurück ins Wohnzimmer trat, kümmerte sich die Vermieterin gerade um die Pflanzen.

»Das ist schon komisch«, sagte er und näherte sich der Vermieterin.

»Was ist komisch?« murmelte sie, während ein feiner Wasserstrahl eine der Pflanzen fast ertränkte.

»Dass die Töpfe nicht angerührt wurden«, erklärte Tristan.

»Gott sei Dank«, schnaufte Frau Schwarzer. »Hätte man die Pflanzen ausgerupft, dann würden sie es nicht überleben.«

Dem Einbrecher wäre das wohl egal gewesen, dachte Tristan und dann fiel ihm auf, dass die Wohnungstür gar nicht beschädigt war. Der Eindringling musste einen Schlüssel benutzt haben. Tristan speicherte die Erkenntnis ab und sah sich nochmals um.

»Was hatte der Einbrecher gesucht?« murmelte er.

Wenn die Blumentöpfe keine Neugier geweckt hatten, dann, so überlegte der Detektiv, weil sie als Versteck ungeeignet schienen. Tristan betrachtete nochmals die Blumentöpfe. Sie hatten alle fast die gleiche Größe. Das, was der Einbrecher gesucht hatte, dürfte also nicht in die Blumentöpfe passen. Damit hatte der Detektiv eine ungefähre Vorstellung von der Größe des gesuchten Gegenstandes. Tristan erinnerte sich an die aufgeschlitzte Matratze. Der Kern bestand aus einem festen Schaumstoff. Darin hatte man nur etwas Flaches verstecken können. Runde oder eckige Gegenstände hätten sichtbare Abdrücke hinterlassen. Ihm fielen die Schubladen auf, die man aus Kommode und Wohnzimmerschrank herausgerissen und auf dem Kopf liegen gelassen hatte. Er beugte sich zu einer der Schubladen und hätte sie fast berührt, als ihm klar wurde, dass er Fingerabdrücke hinterlassen würde. Er zog einen Ärmel seiner Strickjacke über die Finger und griff dann nach der Schublade, die er der Kommode zuordnete.

Als Frau Schwarzer sah, dass Tristan die Schublade in die Kommode schob, fragte sie: »Wollen Sie aufräumen? Das ist aber wirklich nett von Ihnen. Warten Sie, ich helfe Ihnen.«

»Nein, fassen Sie bitte nichts an. Fingerabdrücke!« warnte er sie.

»Oh, ja! Sie haben Recht«, quiekte Frau Schwarzer.

Unterdessen schob Tristan eine weitere Schublade in die Kommode. Dann sah er sich den Spalt zwischen beiden Schubladen an.

»Was machen Sie da?« Die Vermieterin gesellte sich zu ihm. Die Pflanzen schienen versorgt zu sein.

»Ich überlege, was man unter so einer Schublade verstecken könnte«, antwortete Tristan und sah sich nochmals im Wohnzimmer um. Neben dem Wohnzimmerschrank lag ein Haufen von Musik-CDs und schlagartig wurde ihm klar, was der Eindringling gesucht haben musste: eine CD oder DVD. Die silbernen Scheiben passten problemlos unter die Schublade. Sie waren zu groß, um sie in den Blumentöpfen zu verstecken und flach genug, um sie in eine Matratze zu schieben. Außerdem waren sie das Medium, um Filme abzuspielen. Tristan wusste jetzt, dass Thea, Dokumentarfilmerin, ermordet wurde.

»Was hat sie aufgenommen?« fragte er sich und zog langsam die Schubladen wieder aus der Kommode und legte sie zurück auf den Boden.

»Haben die Beamten etwas mitgenommen?« fragte Tristan.

»Nein«, antwortete die Vermieterin.

»Keinen Computer?!« wunderte sich Tristan, aber dann fiel ihm ein, dass man auf diesem Teil wohl als erstes nachgeschaut hätte. Schließlich benutzte man heutzutage nicht mehr herkömmliche Filme, sondern SD-Karten.

»Danke, dass ich mich hier umsehen durfte«, sagte Tristan. Dann ging er langsam zur Wohnungstür.

»Das ist doch selbstverständlich gewesen«, lächelte Frau Schwarzer und folgte ihm.

Die Vermieterin schloss die Wohnungstür ab und führte Tristan zurück zur Haustür. Dort fiel ihr Blick auf Theas Briefkasten.

»Herr Irle, soweit ich weiß, gibt es keine Verwandten, die in der Nähe wohnen. Was mache ich mit Theas Post?«

»Die übergeben Sie bitte der Polizei«, antwortete Tristan, dann kam ihm eine Idee. »Bevor Sie das jedoch machen, dürfte ich mir die Post mal ansehen?«

»Sicher! Möchten Sie zudem noch einen Kaffee? Ich wollte es mir gerade gemütlich machen, als dieser schreckliche Hauptkommissar auftrat.«

»Einen Kaffee, dafür hat man doch immer Zeit«, lächelte Tristan.

»Kommen Sie«, freute sich Frau Schwarzer und führte ihn in ihre Wohnung.

Im Eingangsbereich stand ein Karton, der mit ungeöffneter Post gefüllt war. Tristan erkannte an den Adressetiketten, dass dies Theas Postsendungen waren.

»Darf ich?« fragte er höflich.

Die Vermieterin nickte und ging weiter in ihre Küche. Tristan nahm einige der Umschläge heraus und sah sie grob durch. Ein gefütterter DIN-A5-Umschlag weckte seine Aufmerksamkeit. Er sah sich ihn genauer an und las den Absender: Siegerlandfilm - Produktionsfirma.

Der Detektiv tastete ihn ab und ahnte, dass dieser Umschlag der Grund des Einbruchs in Theas Wohnung gewesen sein könnte.

3

Nach der Mittagspause hatte das Laugenbad alle Knochen vom Fleisch und Gewebe befreit. Lil fischte nach und nach die letzten kleineren Knochen aus dem Becken und legte sie auf den Seziertisch. Die Pathologin hatte die Knochen nicht einfach unsortiert auf den Tisch gelegt. Jeder einzelne Knochen lag an der Position, die er auch in einem lebenden Körper einnahm. So waren alle Handknochen ordentlich zu einer Hand zusammengetragen und an der Hand folgten die Armknochen, die an der Schulter anlagen. Aus den abstoßenden fleischigen Überresten von Theas Leiche war ein elfenbeinfarbenes Skelett geworden. Es sah so aus wie das Plastikskelett aus dem Biologieunterricht, das auf einem Ständer lustig wackelte, wenn man es aus dem Schrank holte.

Für Lil war es jedoch immer noch ein Mensch, den sie vor sich liegen hatte. Mit großer Achtung ging sie mit den Knochen um. Sie war nicht weniger sorgsam wie ein behandelnder Arzt einem Patienten gegenüber. Deshalb trug sie weiterhin Handschuhe, obwohl die Knochen jetzt so sauber waren, dass man die kleinste Kerbe in ihnen erkennen konnte.

Sie griff zu der Kamera und führte sie an die Stelle, an der das rechte Schlüsselbein lag. Ein intaktes Schlüsselbein bestand aus einem sichelförmig gebogenen Knochen. Der Lil vorliegende Knochen war in zwei ungleiche Teile gebrochen. Das kleinere Stück des Schlüsselbeins stellte die Verbindung zum Schultergelenk her, während das größere Teil am Manubrium, also am oberen Brustbein, anlag.

»Das ist interessant«, flüsterte sie, während auf dem Bildschirm die beiden Bruchenden um ein Vielfaches ihrer Größe dargestellt wurden.

Die Bruchkanten verliefen in einem 90°-Winkel zu ihrer Längsachse. Die Kanten sahen aus wie bei einer Dachlatte, die man mit einem schweren Gegenstand zerschlagen hatte. Lil diktierte ihren Befund in ein Mikrofon, das an dem Schwenkarm befestigt war. Dann führte sie die Kamera an den Schädel. Als erstes untersuchte sie die Verletzungen über der linken Augenhöhle. Vorsichtig näherte sie sich mit der Kamera dieser Stelle.

»Na, was haben wir denn da«, murmelte sie und zog eine Pinzette aus ihrer Overallbrusttasche.

Mit Hilfe des Vergrößerungsbildes gelang es ihr, winzige Spuren in der Verletzung zu sichten. Die millimeterkleinen Teilchen hatten sich in den Schädelknochen über der Augenhöhle gefräst. Lil löste die Teilchen mit der Pinzette und legte sie in ein kleines, flaches Plastikkästchen. Da sie selbst keine Stoffanalyse durchführen konnte, versiegelte sie die Schale und legte sie beiseite. Jetzt führte sie die Kamera zur Stirn, dort, wo die Glabella weitere Verletzungen aufwies. Doch der Schädelknochen war dort nur leicht abgeschrammt worden.

Als Nächstes sah sie sich die Verletzung an dem linken Ellenbogen an. Sie hoffte dort ebenfalls Spuren zu finden, doch die Knochenbeschädigung war nicht so tief wie am Schädel. Es gab dort nichts Fremdartiges.

Lil diktierte ihren Befund in das Mikrofon und endete mit dem Satz. »Überprüfen, wie die Verletzung zu Stande gekommen ist. Hinweis: durch den starken Rattenverbiss waren Gewebeproben nicht mehr aussagekräftig.«

Die Verletzungen waren so unterschiedlich, dass Lil im Moment keine klare Aussage dazu machen konnte, wie diese Verletzungen in einem Zusammenhang zu sehen waren. Die einzige Spur, die sie nun weiterverfolgen wollte, lag gut versiegelt in dem kleinen Plastikkästchen.

Doch zuvor setzte sie sich an ihren Computer und tippte einen vorläufigen Bericht für die Polizei, den sie anschließend per Mail an die Kreispolizeibehörde sendete.

4

Das warme Sommerwetter hielt an. Einige wenige Schäfchenwolken schwebten vor einem azurblauen Himmel. Der perfekte Cabriotag.

Tristan steuerte den Oldtimer den Haardter Berg hinunter. Auf dem Beifahrerplatz lag der mittlerweile geöffnete DIN-A5-Umschlag. Die Ecke einer CD-Hülle blinkte im Sonnenlicht. Damit die Vermieterin keine Schwierigkeiten bekam, hatte der Detektiv ihr aufgetragen, dem Spurensicherungsteam erst etwas von Theas Post zu sagen, wenn die Beamten begannen, ihre Sachen wieder zusammenzupacken. Mit einem verschmitzten Lächeln hatte er sie dann noch gebeten, dem Team irgendwie mitzuteilen, dass er einen Umschlag ausgeliehen hatte.

Während der Borgward sich der Weidenauer Straße näherte, überschlug Tristan die Zeit, die ihm blieb, bis Pfeiffer auf seiner Türschwelle stand. Er rechnete damit, dass ihm zwei bis drei Stunden zur Verfügung standen, das erhoffte Bildmaterial auf der CD zu untersuchen. Da das Wetter im Siegerland jeden Tag wechseln konnte, entschloss er sich dennoch, ohne Hast nach Hause zu fahren und das schöne Wetter zu genießen.

Als er die Hauptstraße erreichte, ging er die wenigen Fakten durch, die er bis jetzt gesammelt hatte. Er wusste, dass Thea an einem Film über den Umbau des Siegufers arbeitete. Er vermutete, dass die Dokumentarfilmerin bei dieser Arbeit auf etwas gestoßen war, das eine neue Sichtweise für ihr Projekt bedeutete.

Was das sein konnte, davon hatte er keine Ahnung.

Tristan konnte mit Bestimmtheit sagen, dass die Filmemacherin ertrunken war. Es stand noch nicht fest, ob sie in der Sieg oder an einem anderen Ort den Tod fand. Wie die Pathologin ihm mitgeteilt hatte, mussten sie die Laborergebnisse des Wassers abwarten, das in Theas Lungen sichergestellt worden war. Was er aber sicher wusste, war, dass sich Theas Körper vor der oder am Tag der großen Sturmfront in der Sieg befunden haben musste. Nur so war zu erklären, wie ihr Körper sich unter den Querträgern der Siegplatte verkeilen konnte. Die Unwetterfront war vor drei Tagen, also am vergangenen Montag, über die Kreisstadt gezogen. Damit hatte er einen ungefähren Zeitablauf.

Weshalb sich der Bürgermeister persönlich für eine schnelle Aufklärung einsetzte und warum die Stadträtin Schröder sich an ihn wendete, das blieb ihm noch schleierhaft.

Tristan bremste den Oldtimer ab, setzte den Blinker und bog hinter dem Kölner Tor in den Obergraben ab. Er folgte der alten Straße entlang der noch stehenden Stadtmauer und stieß auf die Löhrstraße. Nach wenigen Metern lenkte er den Wagen in die Zaungasse und dann in den Hof hinter der Marienkirche. Er war zu Hause.

Den Borgward parkte er vor dem Nebeneingang der Kirche und stieg aus. Mit dem Umschlag in der Hand betrat er anschließend das Kirchenschiff.

Die Marienkirche wurde in den Jahren 1702 bis 1725 nach den Plänen des Laienbruders Anton Hülse errichtet. Sie ist der einzige Sakralbau in Siegen, der im Stil des Barock erbaut wurde. In der Bombennacht vom 16. Dezember 1944 wurde die Kirche zerstört, doch nach dem Krieg wiederaufgebaut. Mit viel Liebe kümmerte sich Erich Roth um das schlanke Kirchenschiff mit seinen Heiligenfiguren an den Säulen und den zwei menschengroßen Holzfiguren zu Füßen des gekreuzigten Jesus. Der Boden war mit quadratischen Marmorplatten ausgelegt, die glänzten, als wären sie frisch geputzt worden. Das Innere des Gotteshauses strahlte eine beruhigende Atmosphäre aus, die nicht mit den barocken Ausstattungen anderer Kirchen zu vergleichen war. Die pietistische Glaubensgeschichte der Siegerländer sorgte selbst bei den Katholiken für eine Sichtweise, die das Wesentliche in den Mittelpunkt stellte.

Erich machte sich am Taufbecken zu schaffen, als Tristan die Kirche betrat. Der Diakon blickte auf und erkannte seinen Freund.

»Marlowe sitzt da oben bei der Orgel«, brummte Erich und machte damit seinem Freund deutlich, dass Marlowes tierische Natur in einem Gotteshaus durchaus als anarchistisch betrachtet werden konnte.

»Und? Hat er sich benommen?« Tristan lächelte so freundlich er konnte.

»Na, was glaubst du mache ich hier?« stöhnte der Diakon, warf einen Lappen auf den Boden und richtete sich auf. »Er hat das Taufbecken als Badewanne benutzt.«

»Oh?!« Tristan blickte zu seinem Haustier, das neugierig hin und her wippte. »Böser Kakadu!«

»Das kannst du dir sparen! Dieser Kakadu ist gegenüber deinen Erziehungsmethoden resistent.« Erich betrachtete den Umschlag in Tristans Hand. »Ist das der Obduktionsbericht?«

Tristan sah seinen Freund verdutzt an, dann erinnerte er sich, dass sie zusammen gefrühstückt hatten und Erich wusste, dass er zur Gerichtsmedizin fahren wollte.

»Nein, in dem Umschlag ist eine CD. Ich vermute, darauf ist ein Video abgespeichert«, antwortete der Detektiv und zog die Hülle, in der sich die silberne Scheibe befand, aus dem Umschlag.

»Lass mal sehen«, bat der Diakon.

Da Erich eindeutig gewandter als Tristan mit technischen Dingen umzugehen wusste, reichte der Detektiv ihm die silberne Scheibe. Gott schien dem Diakon, anders als Tristan, eine gewisse Affinität zu leblosen Dingen mitgegeben zu haben.

»Hm, das ist keine CD«, erklärte Erich, als er sich den Inhalt der Hülle angesehen hatte.

»Natürlich ist das eine CD. Das Ding sieht genauso aus«, erwiderte Tristan ein wenig beleidigt.

»Das ist eine DVD«, antwortete Erich. »Steht sogar drauf, wenn man genau hinsieht.«

Erich hielt ihm die silberne Scheibe so hin, dass er den feinen Schriftzug lesen konnte.

»Oh, aber eine DVD ist doch noch besser«, strahlte der Detektiv. »Die sind doch eindeutig für das Abspeichern von Filmen gemacht.«

»Ja, in neun von zehn Fällen«, nickte Erich. »Aber ich glaube, du besitzt keinen DVD-Player!«

»Wie?! Ich dachte, die Scheibe stecke ich in meinen Laptop und dann los«, murrte Tristan.

»Na ja, so einfach ist das heute nicht mehr. Dein Computer ist nicht gerade der neuste.«

»Soll das heißen, dass ich mir nicht ansehen kann, was darauf ist?« ,

»Mit deinen Steinzeitwerkzeugen wohl nicht«, grinste Erich. »Ich kann dir aber helfen, wenn du willst.«

»Na, worauf warten wir dann noch?!«

Erich deutete auf Marlowe.

»Den lassen wir hier nicht allein!«

Tristan nickte und streckte seinen rechten Arm aus.

»Marlowe, komm her!«

Der Kakadu reagierte sofort und kam angeflogen. Sanft landete er auf Tristans Arm.

»Wir können«, lächelte der Detektiv.

»Wir müssen in die Sakristei«, sagte Erich und ging vor.

Marlowe sträubte seinen Kamm und brabbelte: »Da sprach der Knappe voll des Leids: / ›Geh nicht hinunter, Herr, vermeid's!‹«

5

Pfeiffer knüllte das Knöllchen wütend zusammen. Der Hauptkommissar konnte es immer noch nicht glauben, dass man ihm in Ausübung seines Dienstes einen Verwarnungsbescheid an die Windschutzscheibe geheftet hatte.

Die Beamten befanden sich zurück in der Kreispolizeibehörde und warteten darauf, dass die Spurensicherung sich bei ihnen meldete. Der Hauptkommissar warf das Knöllchen auf seinen Schreibtisch.

»Die Wahrscheinlichkeit, einen gefährdenden Eingriff in den Straßenverkehr ohne die Möglichkeit eines behördlichen Verwarnungsgeldes in Betracht zu ziehen, ist schlicht anarchistisch.« Arne blickte auf Pfeiffers Schreibtisch. Der junge Kommissar saß an Holzbaums Platz, da man ihm in dem kleinen Büro keinen eigenen Schreibtisch aufstellen wollte.

»Haben Sie nichts Gescheites zu tun?« knurrte der Hauptkommissar.

»Im Moment sind meine Fähigkeiten gewissermaßen an diesen Stuhl gebunden«, antwortete Arne und schaltete den Computer an.

Holzbaum befand sich nicht in dem Büro. Er war damit beauftragt worden, etwas zu essen zu besorgen.

Als der Rechner vor Arne hochgefahren war, überprüfte der Polizist die eingehenden E-Mails und seufzte erleichtert auf.

Pfeiffer, der durch den kleinen Verwaltungsakt einer Politesse völlig aus seiner inneren Ruhe gebracht worden war, reagierte auf den Seufzer wie ein Wachhund auf einen Einbrecher. Er bellte: »Was hat das denn schon wieder zu bedeuten?«

Arne blickte auf und antwortete: »Frau Dr. Lindenberg hat einen vorläufigen Bericht abgegeben.«

Der Hauptkommissar überlegte einen Augenblick, um den genannten Namen richtig einzusortieren, dann fragte er: »Die Pathologin? Was schreibt sie?«

Arne begann: »Sehr geehrte … «

»Mann! Wollen Sie mir den Bericht vorlesen?« Pfeiffers Augen weiteten sich und füllten das Glas seiner Nickelbrille vollständig aus.

Arne erschrak, da er es nie für möglich gehalten hatte, dass ein Mensch so weit die Augen aufreißen konnte. Eingeschüchtert antwortete er: »Sie baten doch darum, dass ich Ihnen den Bericht vorlesen sollte.«

Der Kommissar weckte in dem alten Haudegen Pfeiffer einen Beschützerinstinkt, so verschreckt, wie er da auf dem Bürostuhl saß. Der Hauptkommissar erinnerte sich an einen Rat, den er vom Hauspsychologen erhalten hatte: Menschen mit sehr hoher Intelligenz konnten dazu neigen, Aussagen wörtlich zu nehmen. Er wusste ja, dass der junge Mann einen ungewöhnlich hohen IQ-Wert besaß.

Also unterdrückte er die aufkommende Wut, die durch die Erinnerung an den Hauspsychologen aufkam, und folgte seinem Beschützerinstinkt.

»Wenn Sie jemand fragt, was in einem Bericht geschrieben steht, dann will er eine Zusammenfassung hören! Klar?«

»Oh!?« Arne nickte und dachte, warum sagt er das dann nicht?

»Also die Zusammenfassung«, bat Pfeiffer freundlich.

»Thea Meiswinkel ertrank. Die festgestellten Verletzungen … möchten Sie eine Aufzählung?«

Pfeiffer schüttelte den Kopf.

»... die Verletzungen waren nicht tödlich.«

»Das war's?!«

»Ja, Chef! Der Bericht lässt sich auf diese Aussagen zusammenfassen, ohne die Intention der Verfasserin zu verfälschen.«

»Gut«, nickte der Hauptkommissar. »Dann warten wir, was die Kollegen in der Wohnung finden.«

Holzbaum trat mit einem Tablett voller Fast Food ins Büro, was Pfeiffer aufatmen ließ, da er sonst nicht gewusst hätte, was er mit Arne hätte anfangen sollen.

Der gewichtige Kommissar verteilte das Essen und sagte: »Die Kollegen der Spurensicherung sind zurück.«

Pfeiffer griff nach einem Hamburger und fragte: »So schnell? Haben die was gefunden?«

»Nein, aber unser lieber Freund Irle war auch da«, antwortete Holzbaum, der mit der Plastikabdeckung einer Salatschale kämpfte.

»Das hätten wir uns eigentlich denken können«, knurrte der Hauptkommissar und biss in den Hamburger.

»Ja, sicher, aber er hat etwas mitgehen lassen.« Holzbaum schaffte es, die Abdeckung zu lösen.

Pfeiffer hätte sich unterdessen fast an dem Biss verschluckt.

»Der Privatschnüffler hat was mitgehen lassen!?« spuckte er aus.

Holzbaum nickte und suchte nach einer Gabel, dann sah er seinen Chef an und meinte: »Wir essen doch erst, bevor wir Irle besuchen!?«

Pfeiffer blickte auf seinen Hamburger und nickte zögerlich.

6

Martin Funk blickte zufrieden vom Rand der Siegplatte zu dem Caterpillar. Das gelb gestrichene Gefährt senkte gerade den Auslegearm, an dem der mächtige Hydraulikmeißel hing. Wie am Abend zuvor setzte der Baggerführer langsam den Meißel auf die Platte ab. Ein Vorarbeiter überprüfte den Arbeitsvorgang. Als der Mann die Stelle für gut befunden hatte, auf der der Meißel lag, gab er dem Baggerführer ein Zeichen. Wenige Sekunden später hallte der Lärm des Hydraulikmeißels durch das Siegtal. Für den

Bauleiter war es, als spielte ein Orchester für ihn. Die noch am Morgen rumstehenden LKWs setzten sich in Bewegung. Sie würden im Stundentakt die abgesprengten Plattenteile abtransportieren. Der Ingenieur fühlte sich endlich in seinem Element. Die ganzen offiziellen Veranstaltungen im Vorfeld hatten ihn mehr gestresst, als er zugeben wollte. Dann noch der Schock, dass es sich bei dieser schrecklich aussehenden Leiche um seine Ex-Freundin gehandelt hatte!

All das war jetzt vergessen. Stattdessen beobachtete Martin eine Menschenmenge, die sich am Bauzaun gebildet hatte. Einige Mütter mit ihren Kindern, die sich die Ohren zuhielten, beobachteten, wie das erste Plattenstück in die Sieg plumpste. Martin konnte die Kinder zwar nicht hören, doch an ihren Reaktionen sah er, dass sie sich tierisch über das Spektakel freuten.

»Diese Kinder wachsen mit dem neuen Ufer auf«, sagte plötzlich hinter ihm eine Frauenstimme.

Der Bauleiter drehte sich um und sah in die grünen Augen von Waltraut Schröder.

Martin lächelte und wollte der Stadträtin einen Willkommenskuss geben.

Waltraut wehrte den Kuss ab und flüsterte: »Nicht hier!«

Martins gute Laune trübte sich ein. Waltraut erkannte den Stimmungswechsel und sagte liebevoll: »Du weißt doch, dass ich darauf achten muss, dass es keinen Interessenkonflikt gibt.«

»Ich weiß«, nickte Martin, obwohl ihm das Getue seiner Freundin albern vorkam. Als ob sich jemand darüber aufregen könnte, dass er die Leitung des Bauvorhabens führte und mit einer Stadträtin liiert war.

»Und wie ich sehe, geht es endlich richtig los«, lächelte sie. Es war so ein Politikerlächeln. Die Mundwinkel bewegten sich nach oben, eine strahlend weiße Zahnreihe blitzte auf, aber die Augen blieben ungerührt.

»Jetzt, wo der Bagger wieder arbeitet, fühle ich mich nicht mehr so nutzlos.« Martin meinte das ernst.

»Ich hab das von Thea gehört, müssen wir darüber reden?« fragte Waltraut angespannt.

»Nein!« Martin schüttelte den Kopf.

Er sah, wie sie sich entspannte.

»Willst du dir mal die Bauhütte ansehen?« Martin grinste und ergänzte, »als Mitglied des Bauausschusses sollte das doch in deinem Interesse sein.«

»Dagegen ist wohl nichts einzuwenden«, nickte die Politikerin.

Die beiden gingen ein paar Meter nebeneinander her.

»Haben sich die Geschäftsleute schon bei dir gemeldet?« wollte sie wissen.

»Bis jetzt nicht. Nur Frau Schneider war hier und sprach ihr Mitgefühl aus.« Martin hielt inne. »Sie glaubt wohl, dass ich noch mit Thea liiert war.«

Waltraut runzelte ihre Stirn.

»Woher weiß sie, dass es sich bei der Leiche um Thea handelt? Offiziell ist dazu noch nichts bekannt gegeben worden.« Die Stadträtin sah ihren Freund kritisch an. »Und woher weiß sie denn, dass ihr mal zusammen wart?«

»Keine Ahnung, woher sie das weiß!« stöhnte Martin. »Vielleicht hat Thea ihr das erzählt. Du weißt ja, dass Thea jeden der Anwohner interviewt hat.«

»Ja«, nickte Waltraut, »von den Interviews habe ich gehört.«

Sie erreichten die Bauhütte. Martin öffnete die Tür.

»Bitte, Frau Stadträtin, treten Sie ein«, grinste Martin.

»Danke, Herr Bauleiter«, erwiderte sie und betrat die Bauhütte. »Oh, hier ist aber nicht viel Platz!«

»Völlig ausreichend«, sagte Martin und schob einen Bürostuhl vor seinen Schreibtisch. »Bitte, setz dich.«

Waltraut nickte und nahm Platz. Martin ging hinter seinen Schreibtisch und ließ sich in seinen Stuhl fallen.

»Wie du an den Plänen siehst, ist es noch ein langer Weg, bis es mal so aussieht.« Er deutete auf eine Computerdarstellung des fertigen Ufers.

»Ja, das ist mir bekannt«, schmunzelte Waltraut.

Martin nickte und sah seine Freundin dann eindringlich an.

»Weshalb bist du gekommen? Ich meine, die Pläne kennst du ja!«

»Ehrlich?!«

Martin nickte.

»Ich habe mir ein wenig Sorgen um dich gemacht. Die Polizei war doch sicher hier und hat Fragen gestellt.«

»Ja, so ein schrecklicher Hauptkommissar tauchte mit seinen Leuten heute Morgen hier auf.«

»Siehst du«, nickte sie. »Sicherlich hat er unangenehme Fragen gestellt. Ich meine, denen wird das nicht verborgen bleiben, dass du mal mit Thea zusammen warst.«

»Sie wissen es«, stöhnte Martin.

»Wenn Sie rausbekommen, dass wir jetzt ein Paar sind, dann werden die mich sicherlich auch befragen«. Ihr Ton klang jovial. »Wissen sie das mit uns schon?«

»Ich hab nichts verraten, wenn du das meinst«, antwortete Martin säuerlich.

»Unsere Beziehung ist kein Geheimnis«, erwiderte Waltraut.

»Und warum durfte ich dich dann nicht küssen?« hakte Martin nach.

»Es ist doch was völlig anderes, wenn die Polizei in ihren Ermittlungen feststellt, dass wir ein Paar sind, als wenn das die Presse herausbekommt.«

»So?!« wunderte sich Martin.

»Ja, die Polizei muss mit diesen Informationen vorsichtig umgehen. Sie kann es nicht hinausposaunen. Sicherlich wird auch noch dieser Privatdetektiv mit dir sprechen wollen. Sei bei dem vorsichtig!«

»Ist das der Mann in dieser Strickjacke?« erkundigte sich Martin.

Waltraut erschrak. »War der schon hier?«

»Ja, gestern Abend«, nickte Martin.

»Davon habe ich gehört. Aber dieser Irle wird sicherlich nochmal vorbeischauen. Pass auf, was du dem sagst. Der muss nämlich nichts für sich behalten.«

Martin überraschte es, wie Waltraut das betonte.

»Ich habe nichts zu verbergen«, antwortete er, aber das beruhigte seine Freundin nicht.

7

Besagter Privatdetektiv dachte im Moment gar nicht daran, ein Gespräch mit dem Bauleiter zu führen. Er saß in der Sakristei der Marienkirche und sah seinem Freund zu, wie der einen Laptop mit dem Stromkabel anschloss.

»Und du bist dir sicher, dass das Ding diese DVD lesen kann?« fragte der Detektiv skeptisch.

»Ja, mach dir keine Sorgen. Es kann nichts kaputt gehen.« Der Diakon klappte den Rechner auf. Nach wenigen Augenblicken erschien das Wappen des Vatikans auf dem Bildschirm.

»Nee, das ist jetzt nicht dein Ernst!« knurrte Tristan, während Marlowe auf seiner Schulter neugierig den Kopf neigte.

»Toll, was!« Erich strahlte mit dem beleuchteten Bildschirm um die Wette. »Das hat mir Sina eingerichtet.«

»Du hast Sina an deinen Rechner gelassen?« grinste Tristan und sah zur Tür.

»Was schaust du so zur Tür?« fragte Erich gereizt.

»Ich erwarte die GSG 9«, antwortete der Detektiv trocken.

Tristan kannte Sinas Fähigkeiten, mit einem Computer eine Menge Ärger heraufzubeschwören. Die Computerexpertin mit einem Hang zur Anarchie und hohen Absätzen hatte sich als ein wichtiges Teammitglied gezeigt, als es vor Monaten darum ging, einen Mörder zu fassen. Aber der Detektiv wusste auch, dass sich Sina gerne mit Autoritäten anlegte. Und die katholische Kirche: Mann, das schrie ja förmlich nach einer kleinen Attacke! Wenn Sina also an Erichs Dienstcomputer geschraubt hatte, dann sollte sich der Diakon auf Überraschungen gefasst machen.

»Die Grenzschutzgruppe 9 wird nicht erscheinen«, motzte Erich. Aber beim Anblick der zwei gekreuzten Schlüssel und der Tiara in der Mitte auf rotem Grund konnte der Diakon nicht lange verstimmt bleiben. »Sina hat mir sogar einen direkten Link zur vatikanischen Bibliothek eingerichtet.«

»Was du nicht sagst«, seufzte Tristan.

»Ja, das ist echt toll. Willst du mal sehen?« Erich blühte sichtlich auf. »Ich kann mir die Entwürfe von Papst Benedikts Predigten anzeigen lassen. Muss nur eine Internetverbindung herstellen.«

Tristan hatte es geahnt, wahrscheinlich stellte Erichs kleiner Rechner eine direkte Verbindung mit dem Server des Vatikans her.

»Nein, lass mal gut sein«, wehrte Tristan ab. »Wir sollten uns jetzt das Video ansehen.«

»Wie du willst«, stöhnte der Diakon und schob die silberne Scheibe in einen Schlitz, der sich im Computer befand.

Dann passierte erst einmal nichts.

»Ich hab's mir ja gedacht«, nörgelte Tristan.

»Jetzt warte doch mal«, mahnte der Diakon. »Du hörst doch, dass das Laufwerk arbeitet.«

»Du meinst, dieses Surren ist in Ordnung?« wunderte sich Tristan.

Auf dem Bildschirm blitzte ein Logo auf.

»Na, was hab ich gesagt, es funktioniert!« Erichs Baritonstimme klang triumphierend durch die Sakristei.

Das Logo verschwand und eine Kennzeichnung wurde eingeblendet.

»Szene 1/5.5.12«, las Tristan laut vor.

»Wahrscheinlich die erste Szene, die am 5. Mai aufgenommen wurde«, überlegte Erich.

Tristan nickte.

Dann wurde der Bildschirm wieder schwarz und plötzlich drang Musik aus den Lautsprechern des Computers.

»Stereo«, grinste Erich, »toller Klang, was!«

Die Musik wurde lauter und dann erschien das Gesicht der Dokumentarfilmerin. Eine junge Frau mit zurückgesteckten schwarzen Haaren, einer hohen Stirn, kantigen Wangenknochen und blutrot geschminkten Lippen. Was die beiden Männer jedoch kurz aufatmen ließ, waren ihre wachen blauen Augen, die sie direkt ansahen.

»Sie war noch so jung«, flüsterte Tristan, dem das Bild ihrer Leiche noch im Kopf spukte.

»Anfang Dreißig«, sagte Erich. »Hat sie mir verraten.«

Thea hielt ein Mikrofon in der Hand. Man sah, dass sie in einem gläsernen Fahrstuhl stand. Der Fahrstuhl befand sich sichtbar einige Stockwerke über dem Boden. Im Hintergrund blickte man auf die Siegplatte. Diese gewählte Perspektive zeigte deutlich die geschwungene Form der Platte.

»Nun ist es bald so weit«, sprach Thea ins Mikrofon. Ihre Stimme klang warm und angenehm natürlich. *»Hinter mir sehen Sie, wie für den Abriss der Siegplatte die ersten Maßnahmen getroffen werden.«*

Die nächsten Bilder fingen Bauarbeiter ein, wie sie sich auf der Platte bewegten. Aus dem Off sprach Thea weiter.

»Was für eine Ironie. Als man im Jahr 1967 die Planung eines Parkhauses am Herrengarten zu den Akten legte und sich für die Überkragung der Sieg zwischen Siegbrücke und der Hindenburgbrücke entschied, floss die stolze Summe von 600.000 DM für die Baumaßnahme aus dem Landeshaushalt des Landes Nordrhein-Westfalen nach Siegen. Heute, 45 Jahre später, fließen wieder Landesmittel nach Siegen, dieses Mal um die sogenannte Siegplatte wieder zurückzubauen. Steuergelder werden und wurden des Öfteren von Politikern unter dubiosen Begründungen ausgegeben. Das Schwarzbuch des Bundes der Steuerzahler macht dies jedes Jahr auf das Neue deutlich. Die Summe, die die Landesregierung NRW im Rahmen der Regionale 2013 nun zur Verfügung stellt, beträgt sagenhafte 8,737 Millionen Euro für den Städtebau und nochmals 2,09 Millionen Euro aus dem Topf des Umweltministeriums für Offenlegung und Renaturierung der Sieg.«

Während sie sprach, wurden Schwarz-Weiß-Fotos aus den Sechzigerjahren eingeblendet. Die alten Fotografien zeigten einen Fluss, der ruhig in seinem Bett durch die Unterstadt floss. Der Herrengarten war noch nicht bebaut, nur eine Tankstelle, umgeben von Bäumen, war zu erkennen. Dann zeigte der Film Animationen, wie sich das neue Flussbett mal darstellen sollte.

Nach der Bilderschau trat Thea wieder ins Bild. Dieses Mal stand sie direkt auf der Siegplatte.

»Die Häuser hinter mir«, sie zeigte auf dreistöckige Wohnhäuser, die direkt am Siegufer

standen, *»beherbergen Geschäfte, die durch die anstehenden Baumaßnahmen mit erheblichen Umsatzeinbrüchen rechnen müssen. Neben mir steht Horst Schneider.«*

Die Kamera fuhr auf und neben Thea trat der Geschäftsmann ins Bild.

»Das Geschäft von Horst Schneider ist seit vier Generationen im Besitz der Familie. Herr Schneider, was halten Sie von diesen Baumaßnahmen?«

Horst Schneider hatte volles angegrautes Haar und eine athletische Figur. Er war gut zwei Köpfe größer als die Dokumentarfilmerin und sprach mit einer sonoren Stimme.

»Zunächst einmal muss man alle Maßnahmen, die dem Wohl der Stadt dienen, begrüßen. Wir leben in dieser Stadt und wünschen uns, dass viele Menschen von außerhalb kommen und sich gerne hier aufhalten. Allerdings«, seine Stimme wurde energischer, *»darf das nicht auf Kosten Weniger geschehen, die praktisch enteignet werden, weil man ihnen die Existenzgrundlage wegnimmt.«*

»Sie fürchten um Ihre Existenz?« fragte Thea ruhig und sachlich.

»Ja, das fürchte ich«, nickte der Geschäftsmann. *»Wissen Sie, als man in den Sechzigern diese Parkplätze gebaut hatte, tat man das, um die Geschäftsleute in der Unterstadt zu stärken. 45 Jahre lang konnte der Kunde direkt in der Stadt parken und mit wenigen Schritten eine Vielzahl an Geschäften erreichen. Das wird nach dem Umbau nie wieder so sein.«*

»Was sagen Sie den Befürwortern, die behaupten, dass man nach dem Umbau direkt an der Sandstraße, wo der Eingang Ihres Geschäftes liegt, parken kann?«

»Das Problem ist, dass dies noch drei Jahre, vielleicht auch länger, dauern mag. So lange kann man heute kein Geschäft mehr über Wasser halten, wenn es nur noch ein Drittel seines Umsatzes macht.«

»Würden Ihnen zinsgünstige Darlehen, wie man sie zum Beispiel bei der Bankenrettung ausgegeben hat, helfen?«

»Ha, ha, als ob man uns kleinen Geschäftsleuten helfen würde?!«

Die Kamera fuhr jetzt nah an Horst Schneider heran. Wut und Verzweiflung waren in seinen Augen deutlich zu sehen. Dann wurde das Bild wieder schwarz.

Erich drückte auf eine Taste und der Film hielt an.

»Diesen Mann werde ich morgen beerdigen«, sagte Erich traurig.

»Kaum zu glauben. Er sieht auf dem Film so vital aus.« Tristan schüttelte den Kopf.

»Horst hatte bereits zwei Herzinfarkte«, erklärte der Diakon. »Das Geschäft lief nicht mehr so gut. Er hat sich große Sorgen um seine Zukunft und die seiner Frau gemacht.«

»Das kann ich verstehen«, nickte der Detektiv, »aber was mich etwas irritiert, sind diese Bilder. Deswegen verwüstet man doch keine Wohnung!«

»Wir haben ja noch nicht alles gesehen«, antwortete der Diakon und drückte erneut eine Taste. Das Bild bewegte sich wieder.

8

Lil fuhr mit ihrem Mini vom Krankenhaus in Richtung Innenstadt. Auf dem Beifahrersitz lagen sicher aufbewahrt die gefundenen Partikel aus Theas Kopfverletzungen. Aus der Stereoanlage ihres Autos hämmerten kräftige Beats, denen sie mit einer eigenwilligen Kopfbewegung folgte. Ein paar Passanten blickten dem knallig pinken Mini hinterher, aus dessen Innerem Popmusik hämmerte, während sie einer jungen Frau zusahen, die eigentümliche Kopfverrenkungen vollführte. Die Doktorin ignorierte die Blicke fremder Menschen, als sie mal wieder an einer der Siegener Ampeln ausgebremst wurde und der Bass nach außen drang.

Es lief gerade „Shake it out" von Florence And The Machine aus dem Album „Ceremonials". Das richtige Album nach ihrer Arbeit, die man auch mit einem Zeremoniell vergleichen konnte. Die Sängerin *Florence Leontine Mary Welch* rief in dem Song lautstark dazu auf, sich zu schütteln. Lil folgte *Welchs* Aufruf nur allzu gerne. Es half der Pathologin, die emotionale Anspannung loszuwerden, die sie während ihrer Arbeit sozusagen in Quarantäne schloss. Lil gelang dies, indem sie sich stark auf die Untersuchung konzentrierte.

Nach getaner Untersuchung ließ diese Konzentration nach und die unterdrückten Gefühle wollten heraus. Sie liebte ihre Arbeit, aber ebenso war sie ein mitfühlender Mensch. Die Schicksale der Menschen, die auf ihrem Seziertisch landeten, berührten sie mal weniger, mal mehr. In Theas Fall besonders, da das Opfer in Lils Alter war. Thea war viel zu jung, um schon jetzt aus dem Leben zu scheiden. Das fand sie falsch. Gläubige Menschen flüchteten sich zu einem Gott. Das gab den Menschen Trost und daran war nichts falsch. Als Wissenschaftlerin hatte Lil jedoch Zweifel, ob die Entität wirklich ein allwissendes Geschöpf steuerte. Sie baute auf Fakten und auf Gerechtigkeit. Wenn sie beweisen konnte, dass Thea ermordet worden war, dann konnte man auch den Mörder finden. Ihre Aufgabe war es, alles in ihrer Macht Befindliche zu unternehmen, damit die Gerechtigkeit siegte.

Die laute Musik half ihr dabei, auf Kurs zu bleiben. Da war es völlig egal, was andere von einer Frau mit Pferdeschwanz in einem pinkfarbenen Mini hielten, die überhaupt kein Gefühl für Rhythmus hatte.

Lils Ziel war das Baustofflabor der Universität Siegen. Es befand sich auf dem Haardter Berg in der Paul-Bonatz-Straße im Gebäudekomplex B. Die Pathologin unterhielt enge Kontakte zum Laborleiter, da sie immer mal wieder auf dessen

Fachwissen zurückgreifen musste. Ihr Kommen hatte sie telefonisch angekündigt.

Das Baustofflabor war der Naturwissenschaftlich-Technischen Fakultät zugeordnet. Die Fakultät besaß einen eigenen Campus an der Paul-Bonatz-Straße. Insgesamt thronten auf dem Haardter Berg drei große sichtbare Universitätsgebäude. Der am höchsten gelegene Campus lag an der Adolf-Reichwein-Straße. Er beherbergte unter anderem die Universitätsbibliothek. Etwas den Berg hinunter ragte der Gebäudekomplex an der Hölderlinstraße auf, und nochmals einige hundert Meter den Berg weiter unten lag der Campus Paul-Bonatz. Hier waren die Ingenieurwissenschaften zu Hause. Neben dem Baustofflabor befand sich auch das große Wasserbaulabor auf diesem Campus. Dort hatte man das Strömungsverhalten der Sieg nach dem Umbau des Ufers simuliert.

Dafür interessierte sich die Pathologin im Moment jedoch wenig. Sie folgte der Hauptstraße und mied die Hüttentalentlastungsstraße. Im Stadtteil Weidenau bog sie ab und fuhr den Eichenhang hinauf. Dann bog sie ein weiteres Mal ab und fuhr unterhalb des Campus Hölderlinstraße in Richtung Paul-Bonatz-Straße. Der Gebäudekomplex war deutlich zu sehen. Was sie nicht sah, war ein freier Parkplatz, auf dem sie ihren Mini abstellen konnte. Das Parkplatzproblem betraf alle drei Campen. Sie drehte den Mini und rollte im Schritttempo nochmals die Straße entlang. Sie hatte Glück und fand einen Studenten, der gerade mit seinem Auto einen Parkplatz frei machte.

Wenige Minuten später ging sie durch den Eingang am Gebäude B. Den Leiter des Baustofflabors fand sie in seinem Büro, wo der Diplomingenieur auf sie wartete.

»Hallo, Dr. Lindenberg«, grüßte er freundlich. »Was haben Sie denn heute für uns?«

Lil zeigte dem Laborleiter die winzigen Proben. Der Leiter sah sich die winzigen Spuren an und nickte dann. »Damit können wir arbeiten.«

»Es sind die einzigen Spuren, die ich finden konnte«, erklärte Lil, während sie zusammen ins Labor gingen. »Wir müssen die Untersuchung wasserdicht dokumentieren.«

»Verstehe«, antwortete der Ingenieur.

Lil hatte im Laufe der Zeit gelernt, dass bei Untersuchungen Proben vernichtet werden konnten. Da dann von den Spuren für einen späteren Gerichtsprozess nichts mehr übrig war, mussten bei der Untersuchung alle Arbeitsgänge so dokumentiert werden, dass das Gericht sie dennoch anerkannte.

Der Laborleiter war erfahren genug, dass sich Lil keine Sorgen machen musste. Sie vertraute dem Mann und sah ihm entspannt zu, wie er die winzigen Spuren zu bearbeiten begann.

»Es wird etwas dauern. Möchten Sie so lange warten?« fragte der Ingenieur.

»Wenn es Ihnen nichts ausmacht, schaue ich Ihnen gerne über die Schulter«, lächelte Lil.

»Kein Problem«, nickte der Laborleiter und begann seine Untersuchung.

Schließlich dauerte es doch nicht so lange, bis ein erstes Ergebnis vorlag. Auf einem Computermonitor rief der Laborleiter die Daten einer Messung auf.

»Wenn Sie sich das hier mal ansehen möchten«, bat der Ingenieur die Pathologin.

Lil wandte sich dem Bildschirm zu, sie konnte jedoch mit der angezeigten Kurve und dem Balkendiagramm wenig anfangen.

»Was bedeuten diese Kurven und Balken?« fragte sie.

»In den Proben war Bitumen eingeschlossen und dazu noch Zement«, erklärte der Laborleiter.

»Bitumen?! Wie kommt Erdpech in die Verletzung?« Lil sah den Mann fragend an.

»Das Bitumen wurde durch sogenannte Polymeren modifiziert. Damit lässt es sich eindeutig bestimmen. Es handelt sich um einen Straßenbzw. einen Gehwegbelag.« Der Ingenieur deutete auf den Bildschirm. »Sehen Sie diesen Balken? Er zeigt Calciumsilicat an. Zudem wurden Aluminium- und Eisenverbindungen angezeigt.« Er deutete auf zwei weitere Balken.

Lil nickte, konnte der Information jedoch auch dieses Mal keine Bedeutung geben.

»Wir haben hier Zement. Zusammen mit dem Bitumen kann ich jetzt schon sicher sagen, dass die Proben von einem Gehweg oder einem Parkplatz abstammen.«

9

Während die Pathologin noch darüber nachdachte, welche Schlüsse sie aus den gewonnenen Ergebnissen ableiten musste, starrten Tristan und Erich erneut auf den Computerbildschirm. Der Detektiv hoffte, dass das Videomaterial einen Hinweis oder eine Spur aufzeigte, die er verfolgen konnte, um den mysteriösen Tod der Dokumentarfilmerin aufzuklären.

Aber vorerst blieb der Bildschirm schwarz.

»Hast du was kaputt gemacht?« fragte Tristan.

»Nein, das DVD-Laufwerk läuft doch. Hörst du nicht das Rauschen?« erklärte Erich.

Marlowe, der auf Tristans Schulter saß, fand einen schwarzen Bildschirm langweilig und krächzte: »Wenn die Opern dich umbrausen / mit Getön, / dann genieße auch die Pausen: / sie sind schön.«

»Ich denke, wir hatten jetzt genug Pausen«, maulte Tristan. »Vielleicht ist nicht mehr auf der DVD zu sehen.«

»Hm, kann sein«, grübelte der Diakon.

Doch plötzlich erschien das Logo und eine neue Kennzeichnung wurde eingeblendet. Dieses Mal stand da: Szene 4/17.5.12.

»Ha, es geht weiter«, rief Erich. »Hab's doch gewusst.«

Ein Gebäude wurde gezeigt. Man erkannte an der Leuchtreklame, dass es sich um ein Kreditinstitut handelte. Dann trat Thea ins Bild und erklärte, dass sie sich nun mit einem Geldverleiher über Horst Schneiders Finanzierungsproblem unterhalten wollte. Es folgte ein Schnitt, und nun sahen die beiden das Innere eines gediegenen Büros. Die Kamera schwenkte und Robert Krämer erschien im Bild. Er saß in einem teuren Ledersessel vor einem flachen Beistelltisch. Im Hintergrund hörte man Thea sagen:

»Wir befinden uns hier im Vorstandsbüro einer Genossenschaftsbank. Eine Genossenschaft hat nichts mit dem Begriff Genossen zu tun, wie man ihn in sozialistischen Regierungsformen benutzt.

Die Genossenschaft ist eine Geschäftsidee, die aus der Not heraus gegründet wird oder wurde. Das Prinzip ist relativ einfach. Menschen legen ihre Ersparnisse, Produkte oder Ernten zusammen. Dadurch werden Kräfte gebündelt und zum Beispiel beim Verkauf von Ernten bessere Preise erzielt. Haben sich Kleinbauern zu einer Genossenschaft zusammengeschlossen, dann fällt es ihnen leichter, Maschinen zu kaufen. Ein Traktor ist für den einzelnen Kleinbauern unerschwinglich, aber wenn sich viele zusammenschließen, dann wird der Kauf eines Traktors plötzlich bezahlbar. Der Traktor wird dann von allen Mitgliedern der Genossenschaft gleichermaßen genutzt. Bei einem genossenschaftlichen Kreditinstitut werden keine Ernten zusammengelegt, sondern das überschüssige Geld der Mitglieder. Die so zusammenkommende Geldsumme kann dann verliehen werden. Je mehr Menschen dieser Genossenschaft beitreten, desto größer wird die Geldsumme, die verliehen werden kann.

Herr Krämer, habe ich das vom Prinzip her richtig erklärt?«

»Frau Meiswinkel, Sie haben die Funktionsweise dieses Geldinstitutes richtig erklärt.« Krämer lächelte in die Kamera. Man sah dem Geldverleiher an, dass er das nicht jeden Tag machte.

»Herr Krämer, Ihr Geldinstitut wirbt populistisch mit einem erfolgreichen Trainer aus der Fußballbundesliga.«

»Ja, dieser Mann ist sehr populär«, antwortete Krämer.

»Nun, Herr Krämer, populistisch bedeutet nicht populär. Es meint mehr die opportunistische, nein besser die Anbiederung an den gemeinen Geschmack als Vorteil zu nutzen.«

»Was ist daran verkehrt, wenn es dem Geschäft nutzt«, erwiderte er mit einem schiefen Lächeln.

»Okay, dann kommen wir zum Geschäft. Ihre Genossenschaft hat sich eine Satzung gegeben, die dieses Geschäft regeln soll.«

»Das ist korrekt«, nickte Krämer.

»Wie ich aus Ihrer Satzung entnehme, steht unter Paragraf 2 Absatz 1: Zweck dieser Genossenschaft ist die wirtschaftliche Förderung und Betreuung der Mitglieder.«

»Das haben Sie richtig wiedergegeben.«

»Wie muss ich mir das vorstellen?« fragte Thea.

»Nun, wir sind für unsere Mitglieder da, wenn sie Geld benötigen«, antwortete Krämer.

»Das ist interessant. Kennen Sie das Mitglied Horst Schneider?«

Krämers Augen verengten sich.

»Dieses Mitglied benötigt dringend finanzielle Unterstützung, doch wie er mir versicherte, bekommt er keine von Ihnen. Wie steht es nun um Ihren noblen Zweck, Ihre Mitglieder zu fördern?«

Krämer richtete sich auf.

»Machen Sie die Kamera aus!« zischte er.

Das Bild wurde schwarz.

»Was hältst du davon?« fragte Tristan nachdenklich.

»Eine heftige Reaktion«, wunderte sich der Diakon.

Der Detektiv nickte.

Erich überprüfte den Laptop und meinte: »Das scheint es gewesen zu sein.«

Tristan fragte sich, was an den Aufnahmen einen Einbruch wert war.

»Danke, Erich. Mir ist allerdings noch schleierhaft, weshalb man deswegen einen Einbruch verübt.«

Erich nahm die DVD aus dem Laufwerk und reichte sie Tristan. Der Detektiv steckte sie vorsichtig in die Hülle zurück.

»Vielleicht handelt es sich bei dieser Aufnahme nicht um die gesuchte!« Er drehte die Hülle in seinen Händen und zeigte Erich das Logo der Filmproduktionsfirma.

»Es wäre logisch anzunehmen, dass Thea noch mehrere Aufnahmen zur Bearbeitung an diese

Firma gegeben hat.« Erich stand auf und packte den Laptop weg. »Du solltest die mal anrufen und nachfragen.«

»Das ist eine gute Idee«, nickte Tristan und stand ebenfalls auf. »Ich geh mal rüber. Helga dürfte jetzt wieder da sein. Willst du mitkommen? Sie hat sicherlich Kaffee und Kuchen vorbereitet.«

»Danke für das Angebot, Tristan«. Erich griff nach einem Ordner, der neben dem Laptop lag und öffnete ihn. Er zog ein Foto heraus und zeigte es seinem Freund. »Das sind Bertha und Horst Schneider. Bertha kommt gleich zu Besuch. Wir wollen die letzten Absprachen wegen der Beerdigung besprechen.«

Der Detektiv nickte und verließ die Sakristei über einen speziellen Ausgang. Dieser Ausgang lag einige Stufen tiefer als der Hof. Er befand sich nahe der kleinen Sitzecke, die den Brunnen im Hof in einem Halbkreis umschloss. Dichte Büsche schirmten den Zugang ab. Als Tristan das Gotteshaus verließ, blendeten ihn die weiß gestrichenen Mauern der Kirche. Blind setzte er einen Fuß vor den anderen, die kleine Treppe hinauf zum Hof.

Plötzlich flog Marlowe auf und krächzte. Bruchteile einer Sekunde später traf ihn ein harter Gegenstand am Kopf. Tristan taumelte nach vorn. Er verlor seine Halbbrille und stürzte auf das Pflaster. Instinktiv ließ er die DVD-Hülle fallen, um sich mit Händen und Schulter, wie tausendmal im Aikidotraining geübt, abzurollen. Benommen blieb er einen Augenblick liegen. Ein Schatten sprang über ihn hinweg und griff sich die DVD-Hülle. Der Detektiv versuchte sich aufzurappeln, doch ihm wurde schwindelig. Mit verschwommenem Blick sah er den Schatten hinter dem Brunnen verschwinden.

4. Reifen quietschten ...

Donnerstagnachmittag

Reifen quietschten auf dem Pflaster. Autotüren wurden aufgerissen.

»Affolderbach, ihm nach!« rief eine Männerstimme.

Tristan lag auf dem Boden und glaubte, sein Schädel müsse platzen.

»Irle! Können Sie mich hören?« fragte eine sanfte Männerstimme wenige Augenblicke später.

Der Detektiv blickte langsam auf und nickte.

»Bewegen Sie sich nicht«, befahl die Stimme. »Wir brauchen einen Verbandskasten.«

Tristan spürte, wie ihm etwas Warmes an der Wange herunterlief. Er strich sich über die Wange und hatte Blut an den Fingern.

»Was ist passiert?« fragte er benommen und erkannte Kommissar Holzbaum.

»Sie wurden niedergeschlagen«, antwortete der Kommissar. »Außerdem bluten Sie stark am Kopf. Können Sie aufstehen?«

Der Detektiv nickte und Holzbaum half ihm aufzustehen.

»Ich habe einen Verbandskasten im Haus«, stöhnte Tristan und sah sich nach seiner Halbbrille um. »Würden Sie die Brille bitte aufheben?«

Holzbaum nahm die Lesebrille auf, während Pfeiffer zu Hilfe kam und den Detektiv stützte.

»Was soll das hier!« fluchte der Hauptkommissar. »Ein Toter ist völlig ausreichend in dieser Woche!«

»Herr Pfeiffer, Sie können mir glauben, dass ich nicht vorhatte, mich absichtlich niederschlagen zu lassen« ächzte Tristan, dem das Gehen sichtlich schwerfiel.

»Ist Ihre Freundin zu Hause?« fragte Holzbaum, der Tristans Brille in der einen Hand hielt und mit der anderen über sein Handy den Notarzt anrief.

»Ja, sie müsste vom Einkauf zurück sein.« Der Detektiv setzte seine Schritte nach und nach und versuchte nicht zu fallen, während Holzbaum zur Haustür eilte.

»Mann, haben Sie zugenommen?« Pfeiffer hielt den Detektiv mühsam in der Senkrechten. Ein Körpergewicht kämpfte gegen das andere Körpergewicht. Es war nur eine Frage der Zeit, wann der leichtere Beamte vom schwereren Detektiv zu Boden gezogen wurde.

»Weiß nicht«, stöhnte Tristan.

Unterdessen hatten sie die Haustür erreicht. Helga wartete bereits in der Diele und half Pfeiffer, ihren Freund ins Wohnzimmer zu bringen. Dort legten sie ihn auf das viktorianische Sofa. Wie sich herausstellte, eignete es sich bestens als Krankenbett.

Helga begann schweigend, die Kopfwunde zu reinigen. Der Schlag hatte die Haut am Hinterkopf aufgerissen. Aus der Wunde blutete es immer noch. Sie erkannte, dass die Verletzung genäht werden musste.

»Und, ist es schlimm?« fragte Tristan leise.

»Das wird genäht werden müssen.« Helga versuchte, ruhig zu sprechen, doch ihre Gefühle zwischen Wut und Erleichterung konnte sie nicht verbergen. »Bis der Arzt kommt, muss ein Pressverband reichen.«

Sie nahm aus dem Verbandskasten eine Binde heraus und drückte sie sanft auf die Wunde.

Pfeiffer gab währenddessen eine Fahndungsbeschreibung über sein Handy durch. Draußen im Hof wartete Holzbaum auf Arne, der noch immer nicht zurückgekommen war.

Helga stellte fest, dass sie die Binde fester auf die Wunde drücken musste, um die Blutung zu stoppen. Die Binde hatte sich erstaunlich schnell mit Blut vollgesogen. Also wechselte Helga sie und nahm eine neue. Dieses Mal drückte sie fester auf die Wunde, was Tristan aufstöhnen ließ.

»Ich hab dich ja gewarnt. Mörder sind nicht freundlich!« zischte sie und suchte mit der freien Hand nach Verbandszeug.

Als der Notarzt wenige Minuten später eintraf, hatte sie Tristans Kopf mit weißem Verbandszeug eingewickelt.

Holzbaum und Pfeiffer standen im Hof und warteten auf Arne Affolderbach, während der Arzt sich um Tristan kümmerte.

»Dem wird doch nichts passiert sein?« fragte Holzbaum besorgt.

»Hast du einen Schuss gehört?« erwiderte Pfeiffer nachdenklich.

»Nein, wieso?«

»Dann ist alles gut. Ihm ist der Angreifer entwischt«, meinte der Hauptkommissar und steckte sich eine Zigarette an.

Holzbaum konnte der Logik seines Chefs nicht folgen, also hakte er nach.

»Wie kommst du zu einer solchen Schlussfolgerung?« fragte sich der Kommissar.

»Na, überleg doch. Wenn Affolderbach von der Gestalt angegriffen worden wäre, dann hätte unser Jungkommissar doch sicherlich seine Pistole gezückt und geschossen. Da kein Schuss gefallen ist, nehme ich mal an, dass die Gestalt entwischt ist. Du hast ja gesehen, wie schnell die war. Die hat Affolderbach nie und nimmer eingeholt.«

»Chef, dir ist aber schon klar, dass man nicht unbedingt einen Schuss abfeuern muss, wenn man die Pistole gezogen hat? Es reicht in den meisten Fällen, mit der Pistole zu drohen.«

»Schwachsinn! Die Dinger sind dafür gebaut worden, um damit zu schießen«, erwiderte Pfeiffer.

Ein Mann eilte die Barstewende hinunter. Der Hauptkommissar blickte seinen Partner an und meinte: »Guck, er kommt allein zurück.«

Schwer atmend und durchgeschwitzt trat Arne vor seine Kollegen.

»Ist mir entwischt«, keuchte er. »Tut mir leid.«

»Ist schon in Ordnung«, Pfeiffer klopfte ihm auf die Schulter. »War ein unfaires Rennen, die Gestalt hatte schließlich einen Vorsprung den Berg hinauf.«

»Wie geht es dem Privatdetektiv?« fragte Arne, dessen Puls sich langsam erholte.

»Wird's überleben«, schnaufte der Hauptkommissar. »Der Notarzt näht gerade die Kopfwunde.«

»Was hat Irle in Theas Wohnung wohl gefunden?« fragte Holzbaum.

»Das würde ich auch gerne wissen«, knurrte Pfeiffer. »Warten wir, bis der Notarzt weg ist, dann knöpfen wir uns diesen Privatschnüffler mal richtig vor.«

2

Da brauchten die Beamten nicht lange zu warten. Der Arzt empfahl dem Detektiv, sich ins Krankenhaus zu begeben, doch Tristan lehnte ab.

»Es geht mir schon viel besser«, erklärte er. »Wenn ich noch ein wenig liegen bleibe, ist alles gut.«

Der Arzt wiederholte seinen Vorschlag, doch Tristan blieb stur.

»Lassen Sie es gut sein«, mischte sich Helga ein. »Ich pass auf, dass er noch mindestens drei Stunden liegen bleibt.«

Dann ließ der Notarzt noch etwas gegen die Schmerzen da und verabschiedete sich.

Kaum hatte der Mediziner das Haus verlassen, da schlichen Pfeiffer und seine Leute herein. Sie wurden von Helga in der Diele abgefangen.

»Was wollen Sie noch?« fragte sie zerschlagen.

»Wir hätten da noch ein paar Fragen an Ihren Freund«, antwortete Pfeiffer.

»Muss das jetzt sein«, stöhnte Helga, »Tristan muss sich ausruhen.«

»Er braucht ja nicht aufzustehen«, lächelte Pfeiffer diabolisch, »wir setzen uns neben ihn.«

»Das wird Marlowe aber nicht gefallen!« Helga blickte die Beamten an und fragte: »Wo ist der Kakadu eigentlich?«

»Wir haben ihn nicht gesehen«, erklärte der Hauptkommissar, immer noch das teuflische Grinsen im Gesicht.

»Dann sollten wir rausgehen und nach ihm sehen«, befahl Helga. »Vorher geht keiner ins Wohnzimmer!«

Pfeiffer dachte eine Sekunde daran, seinen Dienstausweis zu zücken, um die Staatsmacht raushängen zu lassen. Helgas Blick ließ ihn jedoch an seiner Entscheidung zweifeln. Er zückte nicht den Ausweis, sondern folgte seinen Kollegen auf den Hof. Helga verließ als Letzte das Haus und sah sich um.

»Marlowe, wo bist du?« rief sie.

»Er kann doch überallhin geflogen sein«, meinte der Hauptkommissar.

»Sehen Sie mal auf das Dach der Kirche«, sagte Arne.

Sie sahen hinauf zum Kirchendach. Auf der Dachrinne über dem Nebeneingang der Kirche saß der weiße Kakadu und beobachtete sie.

Helga ging ein paar Schritte auf den Kakadu zu und rief ihn erneut. Dieses Mal reagierte Marlowe und flatterte Helga entgegen.

Sie hielt ihm den Arm hin, worauf Marlowe schließlich sicher landete.

»Alles ist gut«, flüsterte Helga und kraulte dem Kakadu die Brust.

»Können wir jetzt wieder reingehen«, nörgelte der Hauptkommissar. »Wir hätten da nämlich noch ein paar Fragen an Ihren Freund.«

Marlowe gefiel Pfeiffers Ton überhaupt nicht. Der Kakadu flatterte zweimal mit den Flügeln und krächzte: »Nenn den Schlingel leiderlich, / Leicht wird er's verdauen; / Nenn ihn dumm, so wird er dich, / Wenn er kann, verhauen.«

Helga grinste, wusste sie nun, dass dem Tier nichts fehlte.

»Also, meine Herren, Tristan benötigt Ruhe. Regen Sie ihn also nicht mit dummen Fragen auf«, warnte Helga und ging zurück ins Wohnzimmer.

Marlowe flatterte auf seine Kletterstange und sah sich nach Fressen um. Helga reichte dem Kakadu einen Keks, was ihn beschäftigte, dann stellte sie sich gegen den Türrahmen, der Küche und Wohnzimmer verband.

Unterdessen verteilten sich die Beamten im Wohnzimmer. Pfeiffer nahm in einem der zwei Lesesessel Platz, die vor dem Kamin standen. Er drehte ihn zuvor in Richtung Sofa. Arne und Holzbaum setzten sich an den Esstisch, der gleich neben Marlowes Kletterstange stand.

Der Detektiv beobachtete den Aufmarsch mit halbgeschlossenen Augen.

»Da haben Sie nochmal Glück gehabt«, begann der Hauptkommissar, als alle saßen.

Der Detektiv nickte leicht.

»Sie haben keine Ahnung, wer das gewesen sein könnte?« hakte Pfeiffer nach.

»So ist es«, antwortete Tristan.

»Dass der Angriff mit einem Beweisstück zu tun haben könnte, das Sie widerrechtlich aus Theas Wohnung haben mitgehen lassen, ist sicherlich auch völlig ausgeschlossen!« Der Sarkasmus floss Pfeiffer förmlich aus dem Mund.

»Da muss ich Ihnen recht geben«, antwortete Tristan leise.

»Was!?« fauchte Pfeiffer. »Wollen Sie etwa behaupten, Sie hätten nichts aus Theas Wohnung mitgehen lassen.«

»So ist es«, erwiderte Tristan ruhig. »Das Beweisstück, übrigens eine DVD, befand sich nicht in Theas Wohnung, sondern in der Wohnung der Vermieterin.«

»Jetzt werden Sie nicht spitzfindig«, schimpfte der Hauptkommissar. »Diese DVD, die hat sich der Angreifer geholt, richtig!?«

»Ja, das hat er«, nickte Tristan geschlagen.

»Was war darauf zu sehen?« fragte Holzbaum.

Tristan berichtete den Polizisten, wie er die DVD gefunden hatte und was er und Erich gesehen hatten.

»Einen Geschäftsmann und einen Geldverleiher, was ist daran so wichtig?« Pfeiffer stand auf.

»Das habe ich mich auch gefragt«, sagte Tristan.

»Und, haben Sie eine Antwort gefunden?« Pfeiffer sah den Detektiv an.

»Nun ja«, Tristan fasste sich an den Kopf. »Wenn man das als Antwort gelten lassen kann?!«

Sprachlos setzte sich Pfeiffer wieder.

»Ihnen ist die Brisanz dieser Interviews doch bewusst?« fragte plötzlich Arne.

»Welche Brisanz?« murrte der Hauptkommissar.

»Sie sind also nicht vertraut mit dem Grundgedanken eines genossenschaftlichen Geldinstituts?« fragte Arne.

»Was wollen Sie uns sagen?« knurrte Pfeiffer ungeduldig.

»Also, ich bin seit meiner Kindheit ein Mitglied der Genossenschaftsbank«, begann Arne.

»Schön, ich unterstütze die kommunalen Sparkassen«, unterbrach der Hauptkommissar. »Kommen Sie bloß schnell auf den Punkt.«

»Ich versuche es.« Arne holte tief Luft und erklärte: »Es gibt drei Bankensäulen in Deutschland. Die Privatbanken, die meist Aktiengesellschaften sind, die Sparkassen, deren Träger Städte oder Gemeinden sind und die Genossenschaftsbanken, die von ihren Mitgliedern getragen werden. Das bedeutet, dass die Mitglieder auch Eigentümer des Geldinstitutes sind.«

»Da haben sie aber nicht viel von, wenn man ihnen kein Geld gibt«, maulte Pfeiffer abfällig.

»Richtig!« nickte Arne und merkte, dass die Zuhörer immer noch nicht verstanden hatten, was er ihnen mitteilen wollte. »Verstehen Sie denn nicht, diese Mitglieder sind Eigentümer und haben ein *Stimmrecht*. Dieses Stimmrecht können sie dazu nutzen, um die Belange ihres Geldinstitutes zu steuern. Einmal im Jahr treffen sich die Mitglieder, um über diese Belange abzustimmen. Auf diesen Versammlungen haben sie die Macht, das Aufsichtsgremium sowie die Vorstände des Geldinstitutes zu bestätigen oder auch nicht, wenn ihnen die Arbeit des abgeschlossenen Geschäftsjahrs nicht gefallen haben sollte.

Meine Vermutung ist, dass Horst Schneider ein beliebtes Mitglied dieser Genossenschaft war und dadurch großen Einfluss nehmen konnte. So wäre es ihm sicherlich nicht schwergefallen, eine große Anzahl an Anhängern für seine Sache zu finden. – Also, hypothetisch gesprochen: die Geschäftsleute an der Sandstraße mit günstigen Krediten zu versorgen. – Wenn das der Vorstand aus persönlichen Gründen nicht wollte, hätte die Versammlung die Macht, die Herren unter Druck zu setzen oder gar zu entlassen.

Wenn man das als Hintergrundinformation bereithält, dann wird die Reaktion dieses Vorstandes im Zusammenhang mit Theas Frage nach Unterstützung des Mitgliedes sehr problematisch für den Vorstand.«

Pfeiffer und Tristan sahen den Jungkommissar an, als hätten sie eine Erleuchtung.

»Okay«, schnaufte Pfeiffer, »das nenne ich einen Grund, eine unliebsame Journalistin umzubringen.«

»Dokumentarfilmerin«, korrigierte Arne mutig.

Tristan richtete sich langsam auf.

»Du sollst liegen bleiben!« mahnte Helga streng.

»Meinetwegen«, brummte der Detektiv und legte sich wieder hin. »Herr Pfeiffer, wenn dieser Krämer Dreck am Stecken hat, dann können wir das nicht beweisen.«

Der Hauptkommissar blickte nachdenklich zu Tristan und nickte schließlich.

»Das einzige Beweismaterial haben Sie sich entwenden lassen«, zischte der Hauptkommissar und stand auf. »Aber ich denke, wir finden noch was.«

»Chef, du hast eine Idee?« fragte Holzbaum und es klang, als hätte sich der Kommissar zwischen Pest und Cholera entscheiden müssen.

»Was? Ihr wisst jetzt nicht, was ich vorhabe!« Pfeiffer grinste. »Ihr kennt euch aber wirklich nicht im Filmgeschäft aus! Mann, jeder Filmemacher braucht ein Produktionsstudio, und das von Thea kennen wir dank dieser DVD. Wir verlassen Sie jetzt und besuchen dieses Produktionsstudio. Vielleicht haben wir Glück und es gibt Kopien der Aufnahmen.«

3

Lil wunderte sich äußerst selten. Solche Gefühlsbeschreibungen gehörten in geschützte Biotope, in denen Begriffe wie Drachen, Prinzessinnen und Zauberer zu Hause waren. Sie artikulierte sachlicher, wenn es um ihre Emotionen ging, obwohl sie das Ergebnis der Laboruntersuchung im Moment sehr überraschte.

Die Pathologin stand vor ihrem Auto und kontrollierte einen Ordner, den sie vom Laborleiter des Baustofflabors erhalten hatte. Die Proben waren, wie von ihr erwartet, alle zerstört worden. In dem Ordner befanden sich die Ergebnisse der Untersuchungen als Grafiken und Tabellen zusammengefasst.

Damit wurde er zu einem wichtigen Beweisstück.

Lil fand alle nennenswerten Ergebnisse aufgelistet und legte den Ordner auf die Rückbank.

Der Laborleiter hatte ihr zudem versprochen, eine Kopie als PDF-Datei direkt auf ihren Krankenhausserver zu senden. Von dort konnte Lil die Daten auf ihr Tablet abrufen, das in ihrer Hängetasche sicher ruhte.

Die eindeutigen Ergebnisse irritierten Lil. Sie musste mit jemandem über diese Entwicklung reden. Die Pathologin entschied, Tristan Irle als Gesprächspartner aufzusuchen.

Sie zog ihr Handy heraus und sagte: »Such mir die Adresse von Tristan Irle, Siegen, heraus.«

Das Handy antwortete: »Die Adresse lautet: Hinter der Marienkirche, Altstadt Siegen. Möchten Sie Navigationshilfe beanspruchen?«

»Ja«, antwortete Lil und setzte sich in ihren Mini. Dort klemmte sie ihr Handy in eine Halterung und startete den Motor.

Das Navigationsprogramm ihres Handys leitete sie zurück in die Innenstadt und dann den Siegberg hinauf in die Altstadt.

Hinter der Marienkirche stellte sie ihren Mini ab und ging auf Tristans Fachwerkhaus zu. An der Haustür suchte sie nach einem Klingelknopf, fand jedoch keinen, was irritierend war. Etwas ratlos starrte sie die alte Eichentür an.

»Sie müssen klopfen!« rief ihr ein schwarz gekleideter Mann zu, der gerade die Kirche verließ.

»Danke«, erwiderte sie und klopfte gegen das harte Holz.

»Es ist offen«, hörte sie eine Frauenstimme rufen.

Lil betrachtete die gusseiserne Türklinke, zuckte mit den Schultern und drückte sie nach unten.

»Kommen Sie herein, wir sind im Wohnzimmer«, forderte die Frauenstimme auf.

Die Pathologin sah sich einen Moment in der Diele um und ging dann ins Wohnzimmer.

»Guten Tag, mein Name ist Liliane Lindenberg«, grüßte sie und blickte auf das Sofa, wo sich Helga gerade um Tristan kümmerte. »Oh, ich störe wohl!«

»Hallo, Doktor Lindenberg«, grüßte Tristan mit einem Lächeln, »kommen Sie, der Verband sieht schlimmer aus, als es ist.«

Helga stand auf und stellte sich der Pathologin vor, dann erklärte sie: »Tristan wurde überfallen und auf den Kopf geschlagen.«

»Der ist aus Granit«, scherzte der Detektiv. »Nur eine Platzwunde.«

»Also aus Granit ist Ihr Schädel ganz sicher nicht«, erwiderte Lil und entdeckte Marlowe.

»Bei Tristan kann man das nicht genau wissen«, grinste Helga und bat die Pathologin Platz zu nehmen.

Lil starrte auf den weißen Kakadu, der auf seiner Kletterstange saß.

»Das ist Marlowe«, erklärte Tristan, »beachten Sie ihn nicht.« Dann berichtete er Helga, wie er die Pathologin kennengelernt hatte, anschließend fragte er: »Was führt Sie zu mir?«

»Ich komme gerade aus dem Baustofflabor der Universität Siegen«, begann Lil zu erklären.

»Die dort gemachten Ergebnisse sind überraschend.«

»Baustofflabor?! Und inwiefern sind die Ergebnisse überraschend?« hakte der Detektiv nach.

»Nach Ihrem Besuch heute Morgen fand ich in den Frakturen des Schädels einige Partikel, die ich nicht zuordnen konnte. Da sie eindeutig nicht zum Schädel gehörten und auch nicht organisch waren, entschied ich mich, eine Stoffanalyse durchzuführen.«

»Verstehe, deshalb das Baustofflabor«, nickte Tristan.

»Es besteht eine gute Zusammenarbeit mit dem Labor.« Lil lächelte verlegen, dann wurde sie ernst und erklärte: »Meine Hypothese lautete bis zu diesem Zeitpunkt, dass das Opfer bei dem Unwetter vor einigen Tagen in die Sieg stürzte. Da wir die Überreste unterhalb der Querstreben der Siegplatte fanden, muss die Sieg enorme Wassermassen geführt haben, was Sie ja selbst schon erkannten.

Ein Mensch, der bei diesen Verhältnissen in die Sieg gefallen wäre, hätte sich gegen die zermalmende Kraft des Wassers nicht wehren können. Die Wassermassen, so meine Hypothese, spülten den Körper gegen die Betonpfeiler. Die Kraft des Wassers wäre ausreichend gewesen, um die Verletzungen an Kopf, Schlüsselbein und Elle zu erklären. Sie waren jedoch nicht tödlich. Doch die Verletzung am Kopf hat das Opfer ohnmächtig werden lassen, und anschließend ist es ertrunken.«

Tristan richtete sich ein wenig auf.

»Das hört sich nach einem plausiblen Hergang an«, meinte der Detektiv.

»Ja, aber das Laborergebnis sagt uns, dass die Partikel, die ich im Schädel sicherstellen konnte, von einem Gehweg oder einem Parkplatz abstammen. Was ist, wenn dieser Parkplatz gerade zerstört wird?«

»Jetzt verstehe ich Sie!« Tristan richtete sich langsam auf und brummte, bevor seine Freundin etwas sagen konnte: »Mir geht es gut, Helga!«

»Wenn du Kopfschmerzen bekommst, bist du es selbst schuld«, warnte Helga.

Der Detektiv nickte, schob seine Beine vom Sofa und nahm richtig Platz. Einen Moment fühlte er sich schwindelig, aber das ging rasch vorbei.

»Sie vermuten, dass Thea auf der Siegplatte niedergeschlagen worden ist?« fragte der Detektiv aufgeregt.

»Nein, ich vermute es nicht, ich weiß es«, antwortete Lil und griff nach ihrer Umhängetasche. Sie zog einen Tablet-Computer aus der Tasche und schaltete ihn ein.

»Wow, so ein Gerät hätte ich auch gerne«, sagte Helga begeistert. »Damit kann man die Bestellungen im Restaurant erfassen und per Funkverbindung gleichzeitig verbuchen.«

»Sie haben ein Restaurant?« fragte Lil freundlich nach, während sie das Tablet startete.

»Ja, oben auf dem Giller«, antwortete Helga. »Sind Sie mit dem Gerät zufrieden?«

»Oh ja, sehr.« Lil wischte mit ihrem Zeigefinger über den Bildschirm und erklärte: »Ich habe hier unter anderem ein Programm gespeichert, das das menschliche Skelett in allen seinen Einzelheiten anzeigt. Die Darstellung ist brillant und vergrößerbar.«

»Wollen Sie uns ein Skelett zeigen?« Helga fand das gar nicht interessant.

»Nein, ich möchte Herrn Irle die Ergebnisse aus dem Labor zeigen«, antwortete Lil.

Helga atmete auf.

»Da hab ich sie!« Lil drehte den Bildschirm zu Tristan. »Sehen Sie diese Kurve hier. Sie zeigt die Menge eines Bitumen an, der mit Polymeren modifiziert wurde.«

Tristan nickte. Die Pathologin wischte erneut über den Bildschirm und eine Tabelle erschien.

»Bei den Vorbereitungsarbeiten für den Abriss der Siegplatte wurden Materialproben gesammelt und an das Baustofflabor der Universität Siegen geschickt. Der Laborleiter erinnerte sich daran. Wir verglichen dieses spezielle Bitumen und fanden eine Übereinstimmung mit einer Materialprobe von der Siegplatte.«

»Wir sollten Pfeiffer anrufen. Er muss den Abriss endgültig stoppen!« sagte Tristan und begann sein Handy zu suchen.

4

Die Pathologin verfolgte Tristan, wie er mit dem Handy langsam durch das Wohnzimmer schlich.

»Nichts zu machen«, sagte der Detektiv. »Wieder die Mailbox! Keine Ahnung, wo die sich rumtreiben.«

»Manche dieser Studios sind gut abgeschirmt«, meinte Lil. »Funkwellen haben es da schwer einzudringen.«

»Dann müssen wir zur Siegplatte gehen«, entschied Tristan.

»Was?!« rief Helga. »Sieh dich an, du kannst dich ja kaum auf den Füßen halten.«

»Mir geht es schon viel besser, Helga«, erwiderte der Detektiv. »Wenn ich langsam gehe, klappt das schon.«

»Ich weiß nicht!« zweifelte seine Freundin.

»Ich begleite ihn«, sagte Lil. »Außerdem bin ich Ärztin und verspreche Ihnen, sobald er sich schlechter fühlt den Ausflug abzubrechen.«

Helga wusste, dass sie ihren Freund nicht abhalten konnte zu gehen. Sie dachte einen Augenblick daran, ihn ebenfalls zu begleiten, doch durch ihre Sorge um Tristan würde sie ihn sicherlich ablenken.

Helga wandte sich an Lil. »Also gut, aber Sie bringen ihn wieder zurück!«

»Versprochen!« nickte die Pathologin.

»Dann los«, mahnte Tristan und ging Richtung Diele.

»Ich bereite das Abendessen vor. Dr. Lindenberg, Sie sind herzlich eingeladen.« Helga folgte den beiden zur Haustür.

»Sollen wir fahren?«, fragte Lil, als sie auf den Hof traten.

»Nein, wir haben da unten kaum noch Parkplätze. Außerdem ist es nicht weit.« Tristan gab Helga einen Kuss und schritt los. Die Pathologin folgte ihm.

Die ersten Schritte fühlten sich nicht gut an. Die Erschütterung, sobald er mit einem Fuß auftrat, spürte er bis zum Kopf. Die Wunde begann zu schmerzen.

Lil bemerkte, wie Tristan seine Füße vorsichtiger aufsetzte.

»Rollen Sie mehr über die Fußballen ab«, riet sie ihm. »Versuchen Sie, so wenig Erschütterung wie möglich auf Ihr Skelett zu übertragen.«

Der Detektiv folgte dem Rat. Es dauerte einige Schritte, bis er den Dreh raushatte, aber danach ließen die Kopfschmerzen deutlich nach.

Die beiden gingen über die Alte Poststraße am Museum für Gegenwartskunst und an Karstadt vorbei. Dann stießen sie auf Deutschlands steilste Fußgängerzone. Sie waren noch einige hundert Meter von der Platte entfernt, doch in der Einkaufsstraße war das Stakkatohämmern des Hydraulikmeißels deutlich zu hören. Sie folgten der Einkaufsstraße den Berg hinunter zum Kölner Tor. Dort trennte die mehrspurige Sandstraße die Unterstadt von der Oberstadt. Gleich hinter dem Kölner Tor befand sich die Siegplatte.

Als sie dort ankamen, hämmerte der Meißel unerträglich laut. Hätte Tristan nicht schon durch den Schlag auf den Hinterkopf Kopfschmerzen bekommen, der Lärm hätte sie jetzt verursacht.

Der Detektiv gab Lil ein Zeichen, sich vom Meißel zu entfernen. Die Pathologin nickte und folgte Tristan flussaufwärts in Richtung Reichwalds Ecke. Hinter den Geschäftshäusern, die an der Sandstraße lagen, gab es einen schmalen Weg, der teilweise mit Arkaden überdacht dem Flussufer folgte.

»Was für ein Lärm!« schrie sie Tristan zu.

Der Detektiv nickte.

Plötzlich wurde es still. Automatisch drehten sich die beiden um. Wie es schien, hatte sich der Hydraulikmeißel in einem Geflecht aus Moniereisen verkantet.

»Was für eine Erholung«, stöhnte Lil.

Tristan nickte und ging weiter.

»Haben Sie ein bestimmtes Ziel?« fragte die Pathologin.

»Sehen Sie die kleine Brücke?« Der Detektiv deutete nach vorne. »Da möchte ich hin.«

Tristan wollte zum einzigen Übergang, der die Siegplatte mit den am anderen Ufer befindlichen Häusern verband.

Lil sah zu der Brücke und lächelte. »Ja, das könnte ein guter Ausgangspunkt sein.«

Einige Meter vor ihnen öffnete sich eine Hintertür. Bertha Schneider und August Schuster betraten den Fußweg. Der gut gekleidete Geschäftsmann verabschiedete sich von Bertha, die durch einen Durchgang verschwand, während Schuster auf die beiden zukam.

»Guten Tag, sind Sie nicht der Detektiv?« Schuster baute sich vor Tristan auf.

»Ja, der bin ich«, antwortete er. »Und mit wem haben wir es zu tun?«

»Bitte verzeihen Sie mir meine Unhöflichkeit«, er reichte Lil die Hand. »Mein Name ist August Schuster. Mir gehört das kleine Gebäude dort hinten.«

»Dr. Lindenberg«, stellte sich Lil vor.

»Sehr angenehm«, erwiderte der Geschäftsmann und sah zu Tristan. »Sie sind verletzt worden!«

»Ein wenig«, spielte er herunter.

Schuster bemerkte, dass Tristan darüber nicht sprechen wollte und sagte: »Ich hab Sie gestern Abend dort unten gesehen.« Er deutete auf die Sieg. »Eine schlimme Angelegenheit, nicht wahr.«

»Der tragische Tod eines Menschen ist immer bedauernswert.«

»Natürlich«, nickte Schuster. »Wenn man bedenkt, dass sich womöglich dieser Ort als Tatort ergibt, dann ist es eine Schande, dass man ihn jetzt abreißt.«

»Sollte es so sein, dann hätten Sie recht«, antwortete der Detektiv, der nicht vorhatte, Schuster irgendwelche Informationen zu geben. Stattdessen fragte Tristan: »Sie kennen Frau Schneider?«

Schuster blinzelte kurz und antwortete: »Ja, wir älteren Geschäftsleute kennen uns. Es ist tragisch, dass Horst uns so plötzlich verlassen hat. Sie kennen Bertha ebenfalls?«

»Nicht persönlich. Ich hab ein Foto von ihr gesehen«, erklärte Tristan.

»So?!« murmelte Schuster und sagte dann: »Es wird durch diese Baumaßnahmen schwer für sie werden. Hoffentlich verliert sie nicht den Mut. Wenn das hier alles fertig ist, dann bekommt diese Lage einen ganz neuen Glanz.«

Tristan und Lil sahen absichtlich am Geschäftsmann vorbei. Schuster spürte, dass er jetzt das Gespräch beenden sollte.

»Es wird Zeit. Ich sollte Sie nicht länger aufhalten. Als Detektiv sind Sie doch sicher auf Spurensuche oder beschatten gerade jemanden.« Er lachte laut. »Ich hoffe nur, dass ich das nicht bin.«

»Keine Sorge«, erwiderte Tristan.

»Einen schönen Tag noch«, sagte Schuster und ging in Richtung seines Geschäftshauses.

Lil blickte zu Tristan.

»Werden Sie öfters auf der Straße angesprochen?«

»Nicht sehr oft, aber immer von Menschen, die etwas von mir wissen wollen«, erklärte der Detektiv. »Jetzt sollten wir uns aber endlich die Brücke ansehen.«

Sie gingen weiter in Richtung Reichwalds Ecke. Tristan blickte kurz zurück und hoffte, dass der Hydraulikmeißel noch eine Weile außer Betrieb blieb. Dem Detektiv wurde der Wunsch erfüllt. Die Bauarbeiter standen um den Bagger und schienen keinen rechten Plan zu haben, wie das Problem zu lösen war.

»Das ist nicht gut«, stöhnte Lil, als sie die kleine Brücke erreichten.

Ein Bauzaun sperrte den Übergang ab.

»Damit mussten wir rechnen.« Tristan sah sich die Absperrung genauer an.

»Sie wollen doch da nicht drüberklettern?« fragte Lil entsetzt.

Tristan rüttelte an dem Bauzaun, der mächtig nachgab und antwortete: »Ich glaube nicht, dass der unser Gewicht halten würde.«

Der Detektiv ging an eine Stelle, wo sich zwei Bauzaunelemente trafen und hob ein Element aus seiner Halterung.

»Ist leichter als ich dachte«, grinste er und schob den Zaun einen Spalt breit auf. »Da müssten wir jetzt durchpassen.«

»Das ist illegal«, bemerkte Lil und schlüpfte durch den Spalt.

»Wenn es Sie beruhigt, wir handeln höchst ehrenwert und haben nur die allerbesten Absichten«, erwiderte Tristan und verfing sich mit seiner Strickjacke an einem Draht.

»Oh nein«, rief Lil, die bereits auf der Brücke stand, »sie haben den Belag abgefräst.«

Tristan befreite sich von dem Draht und folgte der Pathologin auf die kleine Brücke.

»Das ist wirklich nicht gut«, wiederholte der Detektiv.

Lil kniete nieder, um den Boden nach Überresten der alten Oberfläche zu untersuchen. Tristan ging einige Schritte weiter, doch auf der ganzen Brücke war der alte Belag sauber abgefräst.

»Wir kommen zu spät«, seufzte Lil und stand auf.

Tristan nickte und sah hinunter auf das Flussbett.

»Was machen wir jetzt?« fragte die Pathologin.

»Ich muss nachdenken«, antwortete der Detektiv und lehnte sich an das Brückengeländer, das immer noch in seiner alten Verankerung dastand.

Gut drei Meter tiefer floss die Sieg ruhig dem Rhein entgegen. Schwalben jagten über dem Fluss nach Insekten. Ihr Zwitschern war deutlich zu hören. Fast genau unterhalb der Brücke bog das Flussbett in einer leichten Rechtskurve auf das Ende der Siegplatte zu.

»Was glauben Sie«, fragte Tristan nachdenklich, »wie würde ein Mensch von hier abgetrieben werden?«

Lil trat zu ihm an das Geländer.

»Sie meinen, wenn der Fluss Hochwasser führt, so wie vor ein paar Tagen?«

Tristan nickte.

»Jetzt macht das Flussbett einen leichten Bogen. Wenn der Fluss Hochwasser führt, dann überschwemmt er auch die Bereiche, die jetzt unter der Siegplatte trocken sind.« Sie trat ein paar Schritte nach links, um besser dem Flusslauf folgen zu können. »Ein Mensch würde dann von hier in einer geraden Linie flussabwärts gespült werden.«

»Sehen Sie, was ich sehe?« fragte Tristan.

»Oh, mein Gott«, stieß sie aus. »Er würde vermutlich geradewegs mit dem Querpfeiler kollidieren, über dem sich die Abrissarbeiten befinden.«

»Genau dort haben wir Theas Leiche gefunden«, stellte Tristan fest.

»Dann ist Thea möglicherweise hier ermordet worden.« Lils Stimme klang traurig.

»Und alle Spuren sind abgefräst worden«, antwortete Tristan resigniert.

Die Pathologin sah den Detektiv an.

»Ihre Kopfwunde, die hat sicherlich stark geblutet.«

»Ja, das hat sie! Helga musste zwei Mal die Binden wechseln, bevor sie den Verband anlegen konnte«, antwortete Tristan.

Lil kniete sich erneut und öffnete ihre Umhängetasche.

»Wissen Sie, dass die Kopfhaut der am besten durchblutete Teil des menschlichen Körpers ist?«

Tristan nickte.

Lil nahm zwei Fläschchen aus der Tasche und stellte sie auf den Boden. »Das dient dazu, um unser Gehirn schön warmzuhalten.« Sie schraubte die Fläschchen auf und schüttete den Inhalt des einen in das andere. Dann schraubte sie einen Zerstäuber auf das volle Fläschchen und schüttelte es. »Die Verletzung an Theas Kopf, die muss ebenfalls kräftig geblutet haben.« Sie stand auf. »Thea war etwas kleiner als Sie. Das Geländer ging ihr vielleicht bis knapp über den Bauchnabel. Was meinen Sie, hätte sie ohne fremdes Zutun über das Geländer fallen können?«

»Nein, das ist unwahrscheinlich«, antwortete Tristan.

»Das denke ich auch. Die Verletzung hat sie sicherlich betäubt oder sogar ohnmächtig werden lassen. Der Mörder muss sie über das Geländer gewuchtet haben.«

Tristan nickte.

Lil begann, die Flüssigkeit auf das Geländer zu sprühen.

Der Detektiv sah ihr einen Moment zu, dann verstand er, was die Pathologin vorhatte. »Sie haben Luminol und Wasserstoffperoxid zusammengemischt. Diese Flüssigkeit dient dazu, Hämoglobin im menschlichen Blut nachzuweisen. Das Zeug ist so gut, dass selbst nach Tagen noch feinste Blutspuren zu finden sind.«

»Ja, genau!« grinste Lil. »Hat zwar etwas gedauert, bis Sie es begriffen haben, aber dennoch, Sie machen Ihrem Berufsstand alle Ehre.« Die Pathologin griff erneut in ihre Tasche, dieses Mal zog sie eine kleine Taschenlampe und eine Brille heraus.

»Und ich dachte, Frauen hätten Chanel Nr. 5 in ihren Handtaschen«, sagte Tristan verblüfft.

»Wer sagt Ihnen, dass ich das nicht auch noch bei mir habe? Die Tasche ist groß.« Sie zog die Brille auf und begann mit der Lampe auf die Stellen zu leuchten, die sie eingesprüht hatte.

»Diese Lampe sendet UV-Licht aus, dadurch wird die Fluoreszenz sichtbar, die durch die Reaktion von Flüssigkeit und Hämoglobin entsteht. Die Brille ist mit speziellen Gläsern ausgestattet, um die Fluoreszenz auch bei Tageslicht sehen zu können.«

Sie leuchtete auf die eingesprühten Stellen.

»Hier ist Blut«, rief sie aufgeregt und reichte Tristan die Brille.

»Oh ja, eine Menge Blut ist hier geflossen«, murmelte der Detektiv.

5

Einen Häuserblock entfernt starrte Robert Krämer in einem Besprechungszimmer aus dem Fenster. Neben ihm saßen die Abteilungsleiter und hörten dem Marketingchef zu, der die Vertriebsmaßnahmen für das nächste halbe Jahr vorstellte. Die Maßnahmen waren nicht sehr originell, aber das störte die wenigsten, wussten sie doch, dass ihr Chef nicht nur Krämer hieß, sondern von

Natur aus auch eine Krämerseele in sich trug. Gewagte Maßnahmen waren nicht das Ding des Geldverleihers. Warum sollte man neue Dinge ausprobieren, wenn man nicht wusste, ob sie funktionieren würden? Krämer war gar nicht gut darin, Mut bei seinen Entscheidungen zu zeigen. Wenn es nach ihm gegangen wäre, dann hätten die Menschen in der Steinzeit nie damit angefangen, Metalle zu schmelzen. Der Faustkeil tat es doch auch. Die Struktur seines Geldinstitutes wurde schließlich von Mitgliedern bestimmt, die in der Mehrzahl dem Tod näher waren als einem Sprung vom Einmeterbrett ins Wasser. Es lag in der Natur der Dinge, dass gegen Ende des Lebens die meisten Menschen keine Veränderung mehr mochten. Warum sollte Krämer dann Veränderungen bewirken, die ihm sowieso keiner dankte? Er blieb besser auf dem Trockenen und alle waren glücklich.

Während der Marketingchef seinen Vortrag runterrasselte, drehten sich Krämers Gedanken um das Geschäft, das er mit Schuster ausgehandelt hatte. Er fragte sich, wie er seinen Aufpasser beruhigen konnte. Oder hatte er etwas übersehen?

Der Vortrag seines Mitarbeiters endete und Krämer wandte sich der Gruppe zu.

»Großartige Arbeit«, lobte er und stand auf. »Ich bin sicher, dass wir auf dem gleichen Niveau wieder gute Ergebnisse einfahren werden. Ich danke Ihnen für Ihr Kommen.«

Er verabschiedete sich und eilte in sein Büro. Dort warf er einen kurzen Blick in seine Mailingliste. Als er darin nichts Wichtiges zu beantworten fand, meldete er sich bei seiner Sekretärin ab und verließ das Gebäude.

Von seinem Arbeitsplatz bis zur Siegplatte trennte ihn nur eine Fußgängerzone. Die Sonne stand bereits tief im Westen, doch noch immer wärmten ihre Strahlen. Krämer genoss die frische Luft und die Menschen, die sich in der Fußgängerzone ausgelassen bewegten. Er folgte der Bahnhofstraße und vermisste plötzlich etwas. Ihm war im ersten Moment nicht klar, was ihn beunruhigte. Doch als er um die Ecke bog und auf die Siegplatte sehen konnte, wusste er, was nicht stimmte. Es fehlte der Lärm des Hydraulikmeißels.

Krämer steuerte die Bauhütte an. Die Tür der Hütte stand offen.

»Hallo, jemand da?« rief er und trat ein.

Martin Funk blätterte hastig in einem Ordner, als der Geldverleiher eintrat.

Der Bauleiter sah kurz zu dem Eindringling, dann wieder zum Ordner.

»Was willst du denn hier?« fragte Martin genervt.

»Also, so begrüßt man doch nicht seinen Onkel«, erwiderte Krämer lächelnd.

»Es ist jetzt ganz ungünstig«, antwortete Martin freundlicher.

»Hat es was mit dem Bagger zu tun?« fragte Krämer.

»Dem Bagger geht es gut, dem Meißel nicht.« Martin schien gefunden zu haben, was er suchte. Er nahm das Blatt heraus.

»Das lässt sich doch sicherlich beheben?« hakte Krämer nach.

»Ja, klar«, nickte Martin und schlängelte sich an Krämer vorbei.

»Was ist denn geschehen?« Krämer folgte seinem Neffen auf die Platte.

»Der Meißel hat sich im Moniereisen der Platte verhakt«, erklärte der Bauleiter. »Da wir nicht wussten, wie viel Last man auf den Meißel geben kann, ohne ihn zu zerstören, habe ich dieses Datenblatt gesucht.«

»Deshalb ist es hier so ruhig«, erwiderte Krämer. »Das bringt euren Zeitplan wohl mächtig durcheinander, was?«

»Erst die Leiche, dann das Moniereisen. Ich will gar nicht wissen, was sonst noch kommt«, stöhnte Martin.

»Weiß man, wer die Leiche war?« Krämer versuchte, gleichgültig zu klingen.

»Keine Ahnung«, log Martin, der keine Lust hatte, seinem Onkel die Wahrheit zu sagen. »Ich werde jedenfalls heute Abend den Zeitplan kräftig überarbeiten müssen.«

»So?! Ich dachte du hättest alles im Griff?«

»Hab ich auch«, antwortete Martin, »aber jetzt muss ich mich um das Monster da kümmern.«

»Hallo, Herr Krämer, was suchen Sie denn hier?« rief hinter ihm sein Aufpasser Schuster, der vom Kunstweg gerade auf die Bahnhofstraße bog.

»Herr Schuster, was für eine Überraschung«, grinste Krämer und ging auf den Geschäftsmann zu.

»Haben Sie nicht auf unser Geld aufzupassen?« fragte Schuster spitz.

»Das läuft nicht weg. Ist ja eh alles elektronisch«, antwortete der Geldverleiher.

»Dieser Bauleiter da, das ist Ihr Neffe, nicht wahr?« Schuster sah zu den Bauarbeitern, die sich um den Hydraulikmeißel geschart hatten.

»Ja, passt so gar nicht zu unserer Familie. Ist kreativ und waghalsig, gar nicht für den Beruf eines Geldverleihers geeignet.« Krämer schüttelte den Kopf.

»Ja, hab ihn kennengelernt. Macht auf mich einen ehrlichen und vertrauensseligen Eindruck. Eigenschaften, die einer gewissen Berufszunft nach der Lehman-Pleite abhanden kamen.«

»Sie wissen, dass wir damit nichts zu tun hatten«, wehrte sich Krämer.

»Sicher, dafür hab ich ja schon gesorgt.« Schusters Haifischgrinsen wollte sagen, dass man die wichtigen Dinge besser selbst in die Hand nahm. »Übrigens habe ich gerade mit Bertha Schneider gesprochen.«

»So?! Wie geht es der alten Dame?«

»Der Tod ihres Mannes hat sie mitgenommen«, antwortete Schuster. »Aber sie ist immer noch eine ausgefuchste Geschäftsfrau. Irgendetwas plant die alte Dame.«

»So?! Sie wissen ja, dass ihre finanziellen Spielräume äußerst eng sind.« Krämer sah seinen Aufpasser eindringlich an.

»Nein, das weiß ich natürlich nicht«, zischte Schuster. »Wie sollte ich auch, denn ihre Bilanzen werden ja vertraulich behandelt.«

»Sicher?!« nickte Krämer und meinte: »Ich behalte sie im Auge.«

Schuster tat so, als hätte er Krämer nicht verstanden und sagte: »Außerdem habe ich eben auch noch diesen Privatdetektiv getroffen. Das gefällt mir alles nicht!« Der Geschäftsmann blickte die Siegplatte hinunter. »Sehen Sie mal, da hinten auf der Brücke. Was macht der Mann da?!«

»Was!« rief Krämer entsetzt, »das ist doch viel zu gefährlich!«

»Ich denke, Sie sollten Ihren Neffen mal für Ordnung sorgen lassen«, mahnte Schuster.

»Aber sicher doch«, nickte Krämer, »darum kümmere ich mich sofort.«

6

Eine Viertelstunde früher hörte Pfeiffer seine Mailbox ab und fluchte anschließend unanständig laut. Zudem schlug der Hauptkommissar mehrmals mit der flachen Hand auf das Dach seines Dienstwagens und dröhnte: »Wir müssen nach Siegen, sofort!«

Die Produktionsfirma Siegerlandfilm befand sich in Netphen. Die ehemalige Gemeinde wurde 2000 zur Stadt erklärt und prosperierte seitdem prächtig. Das änderte allerdings nichts an ihrer geografischen Lage. Der eigentliche Stadtkern lag in einer Senke entlang der Sieg. Rings um die Stadt ragten Berge auf. Da nach der Stadtgründung keine nennenswerten architektonischen Leistungen die Silhouette der Stadt verändert hatten, war das höchste Gebäude immer noch die katholische Kirche.

Für Mobilfunkanbieter das schiere Grauen. Eine flächendeckende Versorgung mit gleichbleibendem Handyempfang stellte eine echte Herausforderung dar. Die Anbieter nahmen es sportlich und schraubten auf jedes geeignete Dach einen Funkmast. Dennoch blieben Funklöcher übrig und in einem von denen lag das Gebäude der Filmproduktionsfirma. Dummerweise bemerkte keiner der Beamten, dass ihnen beim Eintritt in das Gebäude der Kontakt zur Außenwelt verloren gegangen war.

Erst als sie den Parkplatz wieder betraten, feuerten die aufgelaufenen Nachrichten auf die Handys ein. Pfeiffer fand das gar nicht lustig und ließ seiner Wut freien Lauf.

»Die ganze Fahrt war ein Desaster«, zischte der Hauptkommissar, sprang in den Wagen und schnallte sich an. »Seit wann macht man denn keine Sicherungskopien mehr!«

Der Motor heulte auf. Pfeiffer blickte kurz zu Holzbaum und dann in den Rückspiegel zu Arne. Als beide angeschnallt waren, gab er Gas und schaltete die Sirene ein.

»Was waren das für Nachrichten?« traute Arne zu fragen.

»Irle hat Beweise gefunden, dass Thea auf der Siegplatte verletzt wurde«, zischte der Beamte. »Ich hatte ja Büdenbender gewarnt. Wenn jetzt Spuren durch den voreiligen Beschluss, weiter abzureißen, verloren gegangen sind, dann kann er sich was von den Journalisten anhören.«

Mit überhöhter Geschwindigkeit raste der Dienstwagen aus Netphen heraus in Richtung Dreis-Tiefenbach. Dort ignorierte Pfeiffer drei rote Ampeln und trat nochmals kräftig auf das Gaspedal, als er die Anschlussstelle zur HTS erreichte. Über die HTS waren es nur noch wenige Minuten Fahrt zur Ausfahrt Siegen-Mitte, wo er abbog und hinter dem Baugelände ankam.

Ohne groß auf den LKW-Verkehr zu achten, stellte Pfeiffer den Wagen auf der Gebrüder-Busch-Straße ab und stieg aus. Holzbaum und Arne folgten ihm.

Die Beamten erkannten eine kleine Gruppe von Menschen, in deren Mitte Tristans Kopfverband deutlich zu sehen war.

»Dahinten sind sie!« rief Pfeiffer und sprang über die Fahrbahnabsperrung.

Nach wenigen Schritten stieß der Polizist zur Gruppe und rief: »Was geht hier vor?«

»Gut, dass Sie endlich da sind«, grüßte Lil erschöpft, »diese Herren versuchen, Beweismaterial zu zerstören.«

»Das ist doch völliger Blödsinn!« echauffierte sich Krämer. »Wir unterstützen nur den Bauleiter.«

»Und wer sind Sie?« fragte Pfeiffer scharf.

»Robert Krämer«, antwortete der Geldverleiher.

»Haben Sie hier irgendetwas zu sagen?« hakte der Hauptkommissar nach.

»Nun«, schluckte Krämer, »nicht direkt.«

»Dann verlassen Sie jetzt mal diesen Ort«, befahl Pfeiffer.

»Also, so einfach geht das nicht«, mischte sich Schuster ein. »Diese beiden haben hier überhaupt nichts zu suchen.« Er deutete auf Lil und Tristan.

»Und wer sind Sie?« stöhnte Pfeiffer, kurz davor, dem ganzen Spuk mit einem Schuss in die Luft ein Ende zu bereiten.

»August Schuster«, antwortete der Geschäftsmann. »Und nein, ich habe hier auch nichts zu sagen. Außer vielleicht, dass ich diesen Abriss mit meinen Steuern finanziere.«

»Herr Funk, warum halten Sie sich zurück?« fragte der Hauptkommissar.

Martin sah zu Krämer und Schuster, zuckte mit den Schultern und verdrehte die Augen.

»Verstehe«, nickte Pfeiffer, der Typen nicht ausstehen konnte, die meinten, weil sie einen teuren Anzug trugen, seien sie wichtig.

»Holzbaum, Affolderbach, kümmert euch mal um die Herren im Anzug.« Pfeiffer nahm Martin zur Seite. »Sie werden immer noch verdächtigt! Also sollten Sie nicht den Eindruck erwecken, dass Sie die Ermittlungen behindern wollen!«

»Habe ich nicht, ich meine, die Ermittlungen behindert«, antwortete Martin.

»Dann lassen Sie uns jetzt mal allein!« befahl Pfeiffer eindringlich.

Holzbaum und Arne führten die beiden Anzugträger fort, während Martin zum Bagger ging.

»Endlich allein!« rief Pfeiffer und wandte sich Lil und Tristan zu. »Also, was hat das ganze Theater hier zu bedeuten?«

»Thea wurde hier an dieser Stelle ermordet«, antwortete Tristan. »Das Geländer ist voll von Blutspuren.«

Pfeiffer blickte zu Lil, die nickte und reichte ihm die Spezialbrille.

7

Bertha Schneider taten die Beine weh, als die ältere Geschäftsfrau den Hof hinter der Marienkirche erreichte. Mit einem lauten Seufzer ließ sie sich neben dem Brunnen auf die Bank nieder.

»Ich werde langsam gebrechlich«, murmelte sie und versuchte den Schmerz aus ihrem Bewusstsein zu verbannen.

Für einen Augenblick genoss sie die Ruhe im Hof und das angenehm warme Klima, welches der beginnende Sommer mit sich brachte. Sie dachte über die Zukunft nach, und plötzlich fröstelte sie. Das Grauen schlich in Berthas Gedanken, als ihr bewusst wurde, dass sie alle kommenden Kirchgänge ohne ihren geliebten Mann antreten würde. Erschöpft stand sie auf und ging zum Eingang der Sakristei.

Erich erwartete sie bereits und hatte die Tür nur angelehnt. Bertha klopfte einmal und schob dann die Tür auf.

»Erich, ich bin da!« rief sie.

»Komm rein, Bertha«, antwortete der Diakon, »ich bin hier drüben.«

Damit war eine kleine Nische in der Sakristei gemeint, wo sich Erich eine kleine Küchenecke eingerichtet hatte. Der Diakon füllte gerade eine Kanne mit frisch gebrühtem Kaffee.

»Möchtest du einen Kaffee?« fragte er.

»Gerne«, antwortete Bertha, die einem Kaffee nie absagen würde.

Erich bat Bertha, an dem Tisch in der Mitte des Raumes Platz zu nehmen.

»Und wie geht es dir heute?« fragte der Diakon, der mit einem Tablett voller Geschirr und einer Kaffeekanne an den Tisch trat.

»Heute war ein guter Tag«, nickte Bertha und lächelte. Ihr Lächeln verschwand, als sie sich an etwas Negatives erinnerte und meinte: »Allerdings wurde mir die Stimmung gegen Ende vermiest.«

Erich verteilte zwei Tassen, eine Kaffeemilchdose und ein Zuckerdöschen.

»Was ist passiert?« hakte der Diakon nach.

»Unser alter Freund …«, Bertha machte eine Pause, als ihr klar wurde, dass sie *unser* gesagt hatte.

»Ist schon in Ordnung, wenn du deinen Mann in Gedanken immer noch mit einbeziehst«, nickte Erich.

Bertha nickte dankbar und fuhr fort: »... jedenfalls kam August auf einen Besuch herein.«

»August Schuster?« fragte Erich nach.

»Ja, wir kennen uns seit Ewigkeiten. Er hat uns immer mal wieder mit dem einen oder anderen Gefallen ausgeholfen. Er ist ja seit einigen Jahren Aufsichtsratsvorsitzender unserer Hausbank. Jedenfalls dachte ich mir, dass er sich endlich blicken lässt, um mir zu kondolieren. Nach Horsts Tod habe ich ihn nämlich nicht mehr gesehen. Erst gestern Abend sprach er mich an, als wir uns zufällig auf der Platte trafen, wo sie die Leiche gefunden hatten. Als er dann heute Nachmittag auftauchte, dachte ich, dass er das kurze Treffen des Vorabends wegen unserer langjährigen Freundschaft als nicht angemessen erachtete. Aber da hatte ich mich mächtig geirrt.«

Erich schenkte Kaffee aus. Bertha nahm sich die Kaffeemilchdose und goss etwas Milch in die schwarze Flüssigkeit.

»Was wollte der alte Geschäftsmann?« fragte er.

»Was wohl, Geschäfte machen!« zischte Bertha. »Weißt du, Erich, wenn ich aus der Hintertür rausgehe, sehe ich Horst manchmal noch auf dem Gehweg hinter unserem Haus liegen. Da ist mein Mann noch nicht begraben und die Geier kreisen schon am Himmel.«

Sie nahm einen kräftigen Schluck.

»Aber da hat sich der gute Mann die Falsche ausgesucht«, knurrte sie.

Erich musterte die alte Dame neugierig.

»Bertha, du erschreckst mich!«

»Ist doch unerhört, was sich der Mann erdreistet«, schimpfte sie wütend.

»Bertha, du musst mir erklären, was Schuster sich *erdreistete*«, antwortete der Diakon vorwurfsvoll.

Bertha nickte und erklärte: »Er will das Haus und das Grundstück, Erich! Das Geschäft ist seit Generationen in unserem Besitz, das soll es auch bleiben.«

Erich sah sie verdutzt an. »Ich dachte, ihr hättet keine Kinder?«

»Haben wir auch nicht! Aber das heißt nicht, dass wir keine Erben haben«, antwortete Bertha energisch. »August besaß die Frechheit, mich über den Stand unserer Schulden zu informieren. Als ob ich die nicht auf den Cent genau im Kopf hätte. Schlimm genug, dass er so gut informiert ist, aber das bei seinem ersten Besuch anzusprechen, das gehört sich nicht.«

Bertha schien sich um die Schulden weniger zu sorgen, als es Erich vermutete.

»Es ist ja wahr, dass wir seit Jahren rückläufige Umsätze machen. Horst und ich haben ernsthaft darüber nachgedacht, das Geschäft zu schließen und etwas anderes aufzuziehen. Es gibt sogar schon konkrete Planungen, aber da wir immer mal wieder Geld aufnehmen mussten und demnächst eine große Rate fällig wird, mussten wir erst einmal weitermachen.« Bertha nahm einen weiteren Schluck Kaffee. »Weißt du, Erich, ich glaube diese Rate hat Horst umgebracht. Zuerst haben wir versucht, einen Aufschub zu bekommen, aber dieser Geldverleiher Krämer lehnte das ab. Nach dieser Absage machte sich Horst jeden Tag mehr Sorgen, ob wir die geforderte Summe zusammenbekommen würden. Und dann versagte ihm sein Herz. Und weißt du was, Erich, dieser Herzinfarkt rettet jetzt das Geschäft!«

»Dann wirst du das Geschäft und damit das Haus behalten können?« fragte Erich.

Bertha flüsterte: »Ja, aber behalt das bitte für dich. Ich bekomme eine hohe Lebensversicherung ausbezahlt. Wir leben in einer ungerechten Zeit. Da ist ein Mann tot mehr wert als lebendig!«

8

Tristan Irle hätte es nie für möglich gehalten, einmal froh über Pfeiffers Erscheinen zu sein.

Doch als der Hauptkommissar in seiner quirligen Art die Männergruppe auf der Siegplatte auseinandertrieb, empfand der Detektiv so etwas wie Erleichterung.

Der Hauptkommissar brannte vor Entschlossenheit, seit ihm der erste handfeste Beweis vorlag, dass Thea ermordet worden war. Im Moment telefonierte er mit Staatsanwalt Büdenbender. Alle Bauarbeiten wurden gestoppt. Ein Spurensicherungsteam war auf dem Weg und sollte das Geländer sichern und nach weiteren Spuren auf dem abgefrästen Boden suchen.

Der Detektiv saß mit Lil auf einer der Betonabsperrungen, die entlang der Gebrüder-Busch-Straße aufgestellt waren, und wartete auf den Hauptkommissar.

»Wissen Sie was«, murmelte Tristan, »ich glaube, dieser Kopfschlag hat einen größeren Schaden angerichtet, als bis jetzt zu sehen war.«

Lil musterte ihn und fragte: »Ist Ihnen schwindelig? Sehen Sie Dinge, die Naturgesetzen widersprechen?«

»Meinen Sie Einhörner?« lächelte Tristan.

»Wenn Sie Einhörner sehen, dann sollten Sie dringend einen Arzt konsultieren«, antwortete Lil, doch ihr Ton klang herzlich. Er hatte nichts von dem Tonfall, den sie benutzte, wenn es um ihre Arbeit ging.

»Nein, ich sehe keine Einhörner, aber ich habe mich zum ersten Mal über Pfeiffers Erscheinen gefreut«, gestand der Detektiv.

»Nun, es war eine schwierige Situation, aus der uns der Hauptkommissar gerettet hat.« Lil sah zu den Polizisten.

»Dieser Krämer, der hätte uns am liebsten mit einem dieser Rohre einen drübergebraten.« Tristan deutete auf einen Stapel Rohre, die nicht weit von der Absperrung lagen. »Was hat dieser Kerl nur für ein Problem?«

»Wissen Sie, Männer neigen unter ihresgleichen dazu, Dominanz zu zeigen. Sie wollen möglichst schnell eine Rangfolge festlegen. Paviane verhalten sich ebenso. Umgangssprachlich wird das auch als Platzhirschverhalten bezeichnet.«

»Ich denke eher, dass es sich hier um mehr als nur um Platzhirschverhalten handelt.«

»Sie denken, die Männer wollten nicht, dass wir die Beweise sichern?« Lil sah den Detektiv nachdenklich an.

»Ja, das würde die Vehemenz erklären«, nickte Tristan.

Lils Handy klingelte. Sie sah auf das Display und meinte: »Da muss ich drangehen.«

Tristan hörte, wie sie einige „Jas" in das Handy sprach und dann auflegte.

»Wir haben einen weiteren Beweis«, sagte Lil. »Das war das Labor, dem ich die Wasserproben aus Theas Lunge geschickt habe. Das Wasser stammt aus der Sieg!«

»Das wird Pfeiffer erneut einen Freudenausbruch bereiten«, meinte Tristan. »Ich denke, hier können wir nichts mehr unternehmen.«

»Ja, das denke ich auch. Es wird Zeit, Sie nach Hause zu bringen, wie ich es Ihrer Freundin versprochen habe.«

»So einen netten Babysitter hätte ich mir als Kind gewünscht«, antwortete Tristan und stand auf.

»Nein, ich meine es ernst.« Lil hakte sich bei ihm ein. »Sie sehen nicht gut aus.«

Pfeiffer beendete sein Gespräch und sah, dass die beiden aufstanden.

»Wo wollen Sie hin?« fragte er.

»Nach Hause«, antwortete Tristan müde.

»Warten Sie, ich fahre Sie«, bot der Hauptkommissar an. »Holzbaum, Affolderbach, ihr bleibt hier und passt auf, dass die Spurensicherung ihren Job dieses Mal richtig macht.«

Pfeiffer wandte sich wieder Tristan und Lil zu. »Diese Blutspuren hätten die schon gestern feststellen müssen«, zischte er.

»Wir haben noch einen Beweis für Sie«, sagte Tristan, der sich langsam auf Pfeiffers Dienstwagen zubewegte. »In Theas Lungen befand sich Siegwasser. Sie ist eindeutig in der Sieg ertrunken.«

»Jetzt müssen wir nur noch den Mörder finden«, schnaufte der Hauptkommissar.

»Was hat es in diesem Produktionsstudio gegeben?« fragte Tristan.

»Nichts! Es gibt keine Kopien«, erklärte Pfeiffer. »Thea wollte die Kontrolle über ihre Arbeit behalten und hat Kopien untersagt.«

»Das ist nicht gut«, brummte der Detektiv.

Sie erreichten den Dienstwagen. Pfeiffer hielt Tristan die Tür auf. »Mann, Sie sehen wirklich nicht gut aus«, stellte der Hauptkommissar fest, und so etwas wie Mitgefühl zeigte sich in Pfeiffers Gesicht.

5. Tristan wachte ...

Freitagmorgen

Tristan wachte mit Kopfschmerzen auf. Vorsichtig fasste der Detektiv sich an die Wunde. Der Verband hatte sich etwas gelockert.

»Wie geht es dir heute?« flüsterte Helga, die neben ihm die Augen aufschlug.

»Mir brummt der Schädel, als hätte ich mich betrunken«, antwortete Tristan leise. Er hatte das Gefühl, als würde jemand in seinem Gehirn mit einer Schleifhexe experimentieren.

»Ich will ja nicht darauf rumreiten, aber ich meine mich zu erinnern, dass dich der Arzt gewarnt hatte, aufzustehen.« Helga stöhnte, schlug die Bettdecke auf und kniete sich ins Bett. »Komm, ich sehe mir das mal an.«

Langsam richtete sich Tristan auf. Helga nahm sanft den Verband ab und betrachtete die Naht.

»Sieht gut aus«, sagte sie. »Ich denke, dass ein Heftpflaster jetzt reichen wird.«

»Bist du sicher?« fragte der Detektiv. »Ich erinnere mich nur noch verschwommen an gestern Abend.«

Er war von der Platte nach Hause gekommen. Helga hatte *Würfelches-Duffeln* gemacht. Lil und Pfeiffer waren zum Abendessen geblieben, dann, beim Essen, hatten die Kopfschmerzen begonnen. »Wie bin ich ins Bett gekommen?«

»Du wurdest ohnmächtig! Pfeiffer und Lil haben mir geholfen, dich ins Bett zu schaffen.«

»Was, Pfeiffer war hier in unserem Schlafzimmer?« Tristan gefiel die Vorstellung gar nicht.

»Du bist zu schwer für mich«, beschwerte sich Helga. »Ich koche wahrscheinlich zu gut. Du solltest etwas abnehmen.«

»Was hat der Arzt gesagt?« wollte er wissen.

»Was für ein Arzt? Ich habe keinen Arzt gerufen. Lil war doch da«, antwortete Helga streng. »Vergiss nicht, du hast einen Schlag auf den Kopf bekommen, dann bist du losgerannt, obwohl man dir sagte, dass du dich ausruhen solltest. Es war nur eine Frage der Zeit, wann es dich umhauen würde.

Übrigens, diese Lil ist eine taffe Person, obwohl sie aussieht, als würde sie eindeutig zu wenig essen. Lil hätte ich allein ins Bett bringen können.«

»Ist ja gut«, seufzte Tristan. »Ich habe es verstanden.« Er wandte sich seiner Freundin zu. »Wer passt auf die Pension auf?«

»Lea ist eingesprungen«, antwortete Helga.

»Lieb von deiner Freundin.« Tristan gab ihr einen Kuss. »Danke!«

Die beiden zogen sich an. Helga beobachtete ihren Freund und rechnete jeden Moment damit, dass er ins Stolpern geraten konnte. Lil hatte sie vor einer möglichen Gleichgewichtsstörung gewarnt. Doch je mehr sich Tristan bewegte, desto besser ging es ihm. Als sie schließlich am Frühstückstisch saßen und den ersten heißen Kaffee genossen, verschwanden auch die Kopfschmerzen.

»Wie fühlst du dich?« fragte Helga.

»Gut, du kannst mich allein lassen«, antwortete Tristan, der wusste, dass seine Freundin möglichst schnell in ihre Pension zurückkehren wollte.

»Wirklich?! Ich habe keine Lust, auf den Giller zu fahren, um dort dann zurückgerufen zu werden.« Helga liebte eine klare Ansage.

Tristan beteuerte, dass es ihm besser ging. Helga blieb skeptisch.

Jemand klopfte an die Haustür und wenig später stand Erich in der Küche.

»Morgen zusammen«, grüßte der Diakon und setzte sich. »Na, ihr hattet gestern Abend ein volles Haus?«

»Wie kommst du darauf?« fragte Tristan.

»Pfeiffers Dienstwagen und das Auto der Pathologin standen im Hof. Vier Gäste, da wollte ich nicht stören«, erklärte Erich.

»Pfeiffer war allein da«, sagte Helga und berichtete ihm dann, wie sie Tristan ins Bett getragen hatten. »Du wärst besser mal reingekommen, dass hätte uns eine Menge Arbeit erspart.«

»Jetzt sprich nicht schon wieder mein Gewicht an«, maulte Tristan.

»Werde ich nicht«, antwortete sie verschmitzt.

Der Diakon beobachtete das Liebespaar und schüttelte den Kopf.

»Ich sehe, euch geht es gut«, sagte er und fragte: »Was hast du in deinem Fall herausbekommen?«

»Wir wissen jetzt, dass Thea ermordet wurde«, antwortete Tristan.

Er schilderte, wie Lil die Blutspuren an dem Geländer fand und wie sie von Krämer, Schuster und dem Bauleiter attackiert wurden.

»Das ist interessant«, murmelte Erich. »Ich hatte doch gestern Nachmittag ein Gespräch mit Bertha wegen der Beerdigung ihres Mannes. Sie erzählte mir, dass Schuster sie besucht hat, um mit ihr über das Geschäft zu sprechen.«

»Ja, ich hab diesen Schuster aus Berthas Haus kommen sehen«, nickte Tristan.

»Sie erzählte mir auch, dass Krämer den Geldhahn zudrehen wollte, was Horst so beunruhigt hat, dass er wohl dadurch einen Herzinfarkt erlitt. Dieser Angreifer könnte Krämer gewesen sein? Ich meine, du hast ja auf dem Video gesehen, wie pampig der wurde, als Horsts Name fiel!«

»Ich weiß nicht, es ging alles zu schnell«, antwortete Tristan und nahm einen Schluck Kaffee. »Außerdem würde der Geldverleiher ein hohes Risiko eingehen, warum sollte er das machen? Ich meine, Berthas finanzielle Situation dürfte im Alltagsgeschäft einer Bank doch nichts Außergewöhnliches sein, oder?«

»Weshalb ist er dann so engagiert?« fragte Helga.

»Das ist eine gute Frage«, nickte Tristan.

Dem Detektiv fiel Arnes Erklärung zur Genossenschaft ein. Was wäre, wenn es Verbindungen zwischen den Herren Krämer, Schuster und Funk gäbe?

»Aber das Beste wisst ihr ja noch nicht«, lächelte der Diakon. »Egal, was sich der Geldverleiher auch von seiner schlimmen Tat versprochen hat, Bertha wird ihre Schulden begleichen können.«

Tristan blickte über den Rand der Halbbrille seinen Freund an.

»Sie bekommt eine sehr hohe Summe aus einer Lebensversicherung ausbezahlt«, erklärte Erich.

»Wissen das die Beteiligten?« hakte Tristan nach.

»Bis jetzt noch nicht«, antwortete der Diakon, »und Bertha möchte das auch noch eine Weile geheim halten.«

2

Lil wollte stattdessen nichts geheim halten, sondern ein Geheimnis lüften. Die Pathologin stand vor ihrem Seziertisch und betrachtete zum erneuten Male Theas Knochen. Jetzt, da sie wusste, dass Thea durch ein Gewaltverbrechen ums Leben gekommen war, wollte sie den Hergang rekonstruieren. Dazu benötigte sie Freddy.

Freddy war ein Plastikskelett, das einem menschlichen Skelett zum Verwechseln ähnlich sah. Es hatte eine durchschnittliche Größe, was bei der Rekonstruktion berücksichtigt werden musste. Thea war etwas kleiner als das Plastikskelett. Außerdem besaß Freddy zahlreiche Gelenke, die mit einem Feststellmechanismus ausgelegt waren. So konnte Lil die Figur in alle möglichen Positionen biegen und fixieren.

Freddy hing in einem der Büroschränke. Mit einem nachdenklichen Gesicht nahm sie ihn heraus und stellte ihn neben den Seziertisch.

»Also, der Schädel wurde an der Stirn und über der Augenhöhle verletzt«, murmelte sie und markierte die Verletzungen mit einem wasserlöslichen Stift an Freddys Stirn und Augenhöhle.

Dann nahm sie Freddys linken Arm und markierte die Verletzung dort, wo sie bei Theas Elle zu finden war. Jetzt fehlte nur noch das rechte Schlüsselbein. Als das auch gekennzeichnet war, trat Lil einen Schritt zurück. Die Pathologin überlegte, wie sie die Größe des Plastikskeletts anpassen konnte. Ihr kam eine Idee.

Über dem Seziertisch war unter der Decke eine elektrische Winde eingebaut. Die Winde hing an einem Schlitten, der in einer Schiene geführt wurde. Die Schiene verlief fast durch den ganzen Raum. So gelang es Lil auch ohne fremde Hilfe, besonders schwere Körper auf den Seziertisch zu hieven. Wenn sie Freddy an den Haken hängte und ihm zuvor die Füße und Schienbeine abschraubte, könnte sie das Plastikskelett auf Theas Größe einstellen. Die Pathologin wägte ab, welchen Einfluss die nicht korrekten Proportionen auf ihre Ergebnisse haben würden, kam aber zu dem Entschluss, dass dies sekundär zu beachten sei.

Als Erstes ließ sie den Haken der Winde ab und befestigte mit einem Gurt Freddys Oberkörper daran. Anschließend entfernte sie die Unterbeine. Dann suchte sie in ihrem Schreibtisch einen Zollstock und vergewisserte sich in ihren Unterlagen, dass sie Theas richtige Körperlänge im Kopf hatte. Jetzt brauchte sie nur noch den Zollstock auszuklappen und das Plastikskelett auf die richtige Höhe einzustellen.

Als dies getan war, trat sie zurück und betrachtete das Skelett.

»Die Kopfverletzung wurde ihr als Letztes zugefügt.« Da war sich Lil sicher. Die Frakturen an der Elle deuteten auf eine Abwehrverletzung hin.

Sie ging zum Skelett und bog den linken Arm nach oben, wobei sie den Unterarm quer vor das Gesicht positionierte. Sie wählte diese Position, weil sie bei einem Angriff auf das Gesicht automatisch eingenommen würde. Die markierte Stelle war deutlich zu sehen. Die Haltung entsprach damit einem möglichen Szenario.

Allerdings fragte sich Lil, warum Thea den linken Arm gehoben hatte und nicht den rechten. Aus ihren Unterlagen wusste sie, dass Thea Rechtshänder war, dies hatten ihr feine Verschleißspuren an der rechten Hand offenbart. Der rechte Arm wäre instinktiv die erste Wahl gewesen, es sei denn, Thea hatte etwas zum Zeitpunkt des Angriffes in der Hand gehalten, das dies verhinderte.

Die Pathologin ließ den rechten Arm gerade herunterhängen. Sie fragte sich nun, wie die Verletzung an der Elle zustande gekommen sein konnte. Aus diesem Grund betrachtete sie auf dem Bildschirm eine Vergrößerung der Fraktur an der Elle. Da ihr die Aufnahme nicht weiterhalf, nahm sie den Originalknochen und sah ihn sich nochmals unter der Vergrößerungskamera an.

»Wie konnte ich das übersehen!« schimpfte sie plötzlich.

Die bisherigen Frakturaufnahmen waren frontal aufgenommen. Als sie den Knochen jetzt unter der Kamera ein wenig drehte, wurde eine Verformung des Knochens deutlich. Es war ein winziger Radius, den die Verletzung aufwies. Lil war sofort klar, dass sie damit einen Hinweis auf eine Waffe gefunden hatte. Hastig nahm sie sich den Schädel und stellte unter der Vergrößerung auch hier winzige Verformungen über der Augenhöhle fest. Mit Hilfe des Computers konnte sie den Radius des Gegenstandes ermitteln. Damit gab es keine Zweifel mehr, Thea wurde mit einem runden Gegenstand, dessen Durchmesser vier Zentimeter hatte, geschlagen.

Allerdings erklärte das noch nicht, warum der rechte Arm unverletzt geblieben war. Als sie das

Schlüsselbein ebenfalls nochmals untersuchte, stöhnte sie enttäuscht auf. Das Schlüsselbein wies keine Verformung auf, womit Lil feststellen musste, dass diese Verletzung von einem anderen Gegenstand herrührte.

»Was ist an diesem Abend passiert?« fragte sie sich und starrte Freddy an.

Sie kam auf die Idee, dass Thea womöglich beide Arme zur Abwehr benutzt haben könnte, indem die Dokumentarfilmerin sie über Kreuz vors Gesicht gehalten hatte. Sie drehte den rechten Arm in unterschiedliche Positionen und glich dann den linken Arm an. Aber wie sie es auch drehte, die Verletzung an der linken Elle wäre bei allen Szenarien anders ausgefallen.

Zum Schluss drehte sie den linken Arm zurück in die Position, die sie als erste ausgewählt hatte. Sie sah erneut auf den Bildschirm und dann zur Kamera.

»Ich Depp«, rief sie plötzlich und eilte zum Telefon.

3

In der Altstadt hatte Helga ihren Freund jetzt eine Stunde beobachtet und er hatte keine Ausfallerscheinungen gezeigt. Erich hatte diese Beobachtung bestätigt, bevor er gegangen war. Helga war zu der Entscheidung gekommen, auf dem Giller in ihrer Pension jetzt mehr gebraucht zu werden.

Die beiden standen in der Diele. Helga richtete sich vor dem Speigel nochmals die Haare. Mit den zwei neuen Haarklammern hatte sie den Kampf mit ihren störrischen Locken gewonnen.

»Das sieht richtig gut aus«, lobte Tristan.

»Findest du?!« fragte Helga, die, je länger die Haare wuchsen, umso mehr Arbeit mit ihnen bekam.

»Ja, finde ich«, wiederholte Tristan.

»Gut, dann pass auf dich auf«, sie gab ihm einen Abschiedskuss.

»Werde ich! Mir geht es schon viel besser«, beruhigte er Helga.

»Ich rufe heute Mittag an. Vergiss nicht dein Handy aufzuladen.«

»Es steckt bereits am Netzteil«, antwortete der Detektiv.

Als wäre das Stichwort in einem Theaterstück gefallen, begann Tristans Handy zu klingeln.

»Also, machs gut«, sagte Helga rasch und eilte zu ihrem Auto.

Tristan ging ins Wohnzimmer, wo das Handy auf dem Esstisch lag.

»Irle! … Hallo, Herr Pfeiffer … gut, ich komme! … Wohin? … in die Pathologie? … Bis gleich.«

»Okay!« seufzte Tristan und sah zu Marlowe. »Lieber Freund, dich muss ich mitnehmen.«

Marlowe wackelte mit dem Kopf, wandte sich dann jedoch seinem Fressnapf zu. Tristan zog sich eine Strickjacke über, steckte einen kleinen

Notizblock und das Handy ein. Den Kakadu hätte er liebend gern wieder bei seinem Freund Erich abgegeben, aber in der Kirche würde es heute einen Gottesdienst geben. Das letzte Mal, als Marlowe vor einem Gottesdienst die Kirche als Quartier benutzt hatte, endete fast in einem Eklat. Die Verwüstung des Altars wäre im Mittelalter sicherlich mit dem Scheiterhaufen bestraft worden. Das wollte sich Tristan und der katholischen Kirche nicht nochmals antun.

Notgedrungen verließen sie zusammen das Haus. Im Hof erwartete sie ein erneuter Sommertag. Über dem Rothaargebirge bildeten sich die ersten Schäfchenwolken, die von einer leichten Brise Richtung Siegen geschoben wurden. Tristan ging auf seinen Oldtimer zu, der noch immer so dastand, wie er ihn gestern vor der Kirche abgestellt hatte.

»Nur gut, dass es nicht geregnet hat«, brummte der Detektiv und setzte Marlowe auf seinen Platz zwischen den Sitzen.

Sein Ziel war die Pathologie im Krankenhaus am Rande der Stadt. Auf dem Weg dorthin fragte er sich, warum ihn Pfeiffer angerufen hatte. So verärgert der Hauptkommissar nach dem Ausborgen der DVD war, hätte Pfeiffer einen guten Grund, Tristan zu ignorieren. Andererseits war Pfeiffer nun mal Pfeiffer. Stimmungen veränderten sich bei dem Hauptkommissar wie die Beschaffenheit einer Asphaltdecke nach einem Sommergewitter.

Der Detektiv erreichte das Krankenhaus, stellte den Oldtimer ab und sah in den Himmel.

»Was meinst du, sollte ich das Verdeck schließen?«

Marlowe schüttelte den Kopf, was alles hätte bedeuten können. Tristan interpretierte es jedoch als Antwort und ließ das Verdeck offen.

Den Weg zur Pathologie kannte er noch von seinem gestrigen Besuch. Mit Marlowe auf der Schulter betrat er selbstsicher den Eingangsbereich des Krankenhauses. Weiter kam er nicht.

Als die Krankenhausangestellte hinter dem Empfangsschalter den Mann in Strickjacke mit einem Kakadu auf der Schulter das Krankenhaus betreten sah, hatte sie sofort Alarm ausgelöst. Zwei kräftige Pfleger erschienen plötzlich neben dem Detektiv und baten ihn freundlich, aber sehr nachhaltig, das Krankenhaus wieder zu verlassen. Wäre in diesem Moment nicht die Beamten-Troika um Pfeiffer aufgetaucht, Tristan hätte für den Rest seines Lebens nur noch eine Chance erhalten, das Krankenhaus zu betreten: als Patient!

Der Hauptkommissar klärte das Problem, das der Kakadu verursachte, was zur Folge hatte, dass sie einen ganz neuen Zugang zur Pathologie gezeigt bekamen.

»Hier betreten eigentlich nur die Toten das Krankenhaus«, bemerkte Pfeiffer fröstelnd.

»Das wäre so nicht korrekt«, erlaubte sich Arne zu korrigieren. »Wie Ihnen sicherlich bekannt ist, können Tote in den seltensten Fällen laufen oder gehen. Deshalb müssen Lebende die Toten hereinfahren, was bedeutet, dass …«

»Halten Sie den Mund!« knurrte Pfeiffer. »Ich weiß, dass Tote nicht gehen können.«

»Oh, dann war das so ein Code?!« staunte der Jungkommissar.

»Ja, das war es! Es steht für: Hier ist es gruselig!« erklärte Holzbaum freundlich.

Der Einzige, dem die Anwesenheit des Todes überhaupt keine Probleme bereitete, saß auf Tristans Schultern. Mit neugierigen Knopfaugen beobachtete er aufmerksam, an was für einen schaurigen Ort ihn sein Herrchen führte.

Die Männer wurden von Lil auf dem Flur vor ihrem Arbeitsplatz abgefangen. Die Pathologin war sichtlich erfreut, dass die Polizisten zusammen mit dem Detektiv eintrafen. Das ersparte ihr, die Untersuchungsergebnisse zweimal vorzutragen.

»Schön, dass Sie so schnell herkommen konnten«, sagte Lil freundlich und dann bemerkte sie Marlowe auf Tristans Schulter. Etwas irritiert starrte sie den weißen Kakadu an.

»Sie klangen sehr aufgeregt am Telefon«, erwiderte Pfeiffer ungeachtet ihres starren Blickes. »Und, Herr Irle, hätte Dr. Lindenberg mich nicht so nett gebeten, ich hätte Sie nicht angerufen.«

»Immer noch sauer wegen der DVD?« wunderte sich der Detektiv. »Ich dachte, das hätten wir durch den Fund auf der Platte wieder gutgemacht?«

Der bissige Ton der beiden Männer lenkte Lil von dem Kakadu ab. »Meine Herren«, unterbrach sie energisch die beiden Streithähne, »bitte kommen Sie in mein Labor. Ich habe etwas sehr Wichtiges herausbekommen.«

Der Hauptkommissar verstummte und auch Tristan hielt es jetzt für angebracht, diesen kleinen Disput zu begraben.

Die Pathologin öffnete die Tür und führte die Männer samt Kakadu in ihr Labor.

Der erste Blick fiel auf das knieabwärts amputierte Skelett, das in einer grotesken Weise an einem Haken hing.

»Oh, mein Gott, was haben Sie mit der Toten angestellt!« rief Pfeiffer.

»Überhaupt nichts«, empörte sich Lil. »Das ist Freddy, mein Plastikskelett!«

Marlowe erschrak durch Pfeiffers plötzlichen Ausbruch und flatterte mit den Flügeln. Tristan wollte nicht, dass der Kakadu losflog. Er begann, ihn an der Brust zu kraulen. Das gefiel Marlowe und er beruhigte sich wieder.

Die Männer sahen sich Freddy aus der Nähe an. Als sie sich von Lils Erklärung überzeugt hatten, deutete die Pathologin auf den Seziertisch.

»Das da sind die Überreste der Dokumentarfilmerin«, sagte sie. »Mit Freddy habe ich versucht, den Tathergang zu rekonstruieren.«

»Dann bin ich mal gespannt, wie Sie dieses Vierkantholz erklären, dass Freddy auf der Schulter trägt!« brummte der Hauptkommissar.

»Meine Herren, wenn Sie bitte einen Schritt zurücktreten könnten, dann komme ich zu den wesentlichen Schlussfolgerungen meines Experiments.«

Während die Männer zurücktraten, stelle sich Lil neben Freddy.

»Ausgehend von den Verletzungen, die ich an den Knochen fand, habe ich festgestellt, dass Thea sich mit dem linken Arm gegen etwas gewehrt haben muss, das auf ihren Kopf zielte.« Sie deutete auf die Markierung an Freddys Elle. »Die Fraktur an der Elle verriet mir, dass sie mit einem runden Gegenstand, der einen Durchmesser von vier Zentimetern hatte, geschlagen wurde. Die Kopfverletzung weist ebenfalls darauf hin, dass sie dort von dem gleichen Gegenstand getroffen wurde. Die Schlüsselbeinverletzung ließ sich allerdings nicht mit einem Schlag des runden Gegenstandes erklären. Was mich zudem skeptisch gemacht hat, war die Tatsache, dass der rechte Arm keinerlei Verletzungen aufwies. Was eine Erklärung erfordert, da man sich instinktiv mit beiden Armen schützen würde, wenn etwas auf den Kopf zufliegt.

Mir fiel dann ein, dass Thea ja Filme gedreht hat. Dazu benötigt man eine Kamera. Da Thea zudem professionell gearbeitet hat, kann man davon ausgehen, dass es sich bei dieser Kamera nicht um einen handelsüblichen Camcorder gehandelt haben wird. Die Kamera, die Thea vermutlich benutzt hat, war viel größer. Solche

Kameras werden üblicherweise auf der Schulter getragen.«

Sie deutete auf das Vierkantholz.

»Das Holz hat ungefähr die Größe einer solchen Kamera. Wie Sie sehen, trägt Freddy das Holz auf der rechten Schulter. Sein rechter Arm hält die Kamera. Damit erklärt sich, warum der rechte Arm zur Abwehr ausfiel. Wenn man mit einem vier Zentimeter dicken Rohr oder Knüppel nun auf das Holz schlagen würde, dann erklärt sich auch der Schlüsselbeinbruch. Thea hielt eine Kamera auf den Schultern, als sie angegriffen wurde. Der Täter schlug auf die Kamera ein. Der Schlag ließ das Schlüsselbein brechen und lähmte den rechten Arm. Als nächstes folgte der Schlag zum Kopf. Thea riss den linken Arm hoch. Sie versuchte die Wucht des Aufpralls mit dem Unterarm abzuwehren, doch das Ende des Rohres traf sie am Kopf über der Augenhöhle. Das streckte sie nieder.

Geht man von diesem Szenario aus, erklärt sich, warum die Elle nicht gebrochen ist. Es lässt sich zudem dank des Winkels der Elle und dem Abstand zwischen Elle und Kopf eine ungefähre Länge der Tatwaffe bestimmen. Sie dürfte zwischen 90 und 100 Zentimeter lang sein.«

Die Polizisten blickten die Pathologin verblüfft an. Tristans graue Zellen akzeptierten bereits den Hergang. Ihm schoss die Frage durch den Kopf: Was war mit der Kamera passiert?

4

Dem Bürgermeister der Stadt Siegen schoss zu diesem Zeitpunkt eine ganz andere Frage durch den Kopf. Wie hoch würden die Kosten ausfallen, die der erneute Baustopp verursachen würde? Zusammen mit Stadtbaurat Roland Rudik saß er in der Bauhütte und wollte vom Bauleiter wissen, wie man die angemieteten LKWs und Bauarbeiter sinnvoll einsetzen könnte.

»Herr Funk, es muss doch eine Möglichkeit geben!« beharrte der Bürgermeister.

»Sollen wir die Arbeiter die Fußgängerzone fegen lassen?« erwiderte Martin genervt. Ihm war die Brisanz seiner Lage schon bewusst, dazu benötigte er keinen Besuch des Stadtoberhauptes.

»Wie sieht es mit den Fischen aus?« fragte der Stadtbaurat.

Zum Schutz der in der Sieg lebenden Fische hatte man auf Höhe des Parkhauses in der Heeserstraße und auf Höhe des Theaters kleine Wälle aufgeschüttet. Fische, die flussabwärts wanderten, wurden an der Barriere neben dem Parkhaus gestoppt. Fische, die flussaufwärts wanderten, blieben nahe dem Theater vor dem Wall hängen. So wurde gewährleistet, dass sich die Fische nicht in der Baustelle verletzen würden. Da sie vor den Wällen nicht ewig verweilen konnten, mussten sie in regelmäßigen Abständen abgefischt werden.

»Wollen Sie sich mit den Tierschützern, dem Fischereiverband und wem sonst noch anlegen?« Martins Reaktion fiel ein wenig zu heftig aus, deshalb fügte er etwas ruhiger hinzu: »Wie ich die Polizei verstanden habe, interessiert sie sich nur für den Bereich rund um die kleine Brücke. Wenn wir die Abrisskante Richtung Bauhütte verlegen, könnten wir vielleicht weitermachen.«

»Wäre das möglich?« fragte der Bürgermeister den Stadtbaurat.

»Warum nicht«, antwortete der.

Sirenengeheul unterbrach das Gespräch.

»Was ist denn jetzt schon wieder los!« fluchte Martin und stand auf.

Die beiden Stadtbeamten taten es ihm gleich. Zusammen verließen sie die Bauhütte.

»Das glaube ich jetzt nicht!« staunte Martin, als er zwei Polizeikleinbusse neben der Bauhütte halten sah.

»Guten Tag, meine Herren!« rief ihnen ein sichtlich gut gelaunter Hauptkommissar entgegen, der eilig zum Kofferraum seines Wagens ging.

Neben Pfeiffer standen Holzbaum und Arne.

»Herr Pfeiffer, was soll dieser Aufmarsch?« fragte der Bürgermeister, als er in dem entstehenden Aufmarsch Tristan Irle erkannte.

»Das kann Ihnen der Detektiv erklären«, antwortete Pfeiffer, der aus seinem Kofferraum Gummistiefel an Holzbaum und Arne verteilte und sich dann der Polizeitruppe zuwandte.

Tristan schritt mit Marlowe auf der Schulter auf die Bauhütte zu.

»Guten Tag, Bürgermeister, Stadtrat und Herr Funk«, grüßte der Detektiv freundlich.

»Haben Sie vor, die Stadt einzunehmen?« fragte der Bürgermeister besorgt, während er von Marlowe angestarrt wurde.

»Mit den paar Männern den Siegberg einnehmen«, grinste Tristan, »wohl kaum zu machen. Übrigens, das hier auf der Schulter ist Marlowe. Er tut normalerweise niemandem etwas.«

Der Stadtbaurat nickte und meinte: »Sie suchen etwas, nicht wahr?«

»Ja, eine Kamera«, antwortete Tristan. »Die Polizisten müssen die Sieg bis zu dem Wall am Theater absuchen. Sie könnten noch Hilfe von Männern gebrauchen, die sich mit Wasser auskennen. Hätten Sie da eine Idee?«

»Unsere Männer könnten aushelfen«, schlug der Bürgermeister vor. »Bezahlen müssen wir sie ja so oder so.«

»Daran hatte ich auch gedacht«, nickte der Detektiv.

»Herr Funk, wenn Sie sich darum bitte kümmern würden«, bat der Bürgermeister.

»Bevor Sie gehen, hätte ich noch eine Frage.« Tristan wandte sich dem Bauleiter zu. »Sie waren doch mit Thea liiert. Kennen Sie ihre Kamera?«

»Sie hatten ein Verhältnis mit der Dokumentarfilmerin?« wunderte sich der Stadtbaurat.

»Zwei Mal ein klares Ja«, antwortete Martin.

»Könnten Sie die Kamera beschreiben?« fragte Tristan.

»Sie war ungefähr vierzig Zentimeter lang und zwanzig Zentimeter hoch. Ansonsten sah sie aus, wie eine Kamera eben aussieht.«

»Würden Sie das den Beamten mitteilen«, bat der Detektiv.

Martin nickte und ging los.

»Kommen Sie doch danach noch mal zu mir«, bat der Detektiv.

»Okay«, nickte Martin, dann rief er die Bauarbeiter zusammen.

»Was hat es mit dieser Kamera auf sich?« fragte der Bürgermeister.

»Wir sind ein gutes Stück mit den Ermittlungen vorangekommen«, erklärte Tristan. »So können wir beweisen, dass Thea dort hinten bei dem Übergang, der kleinen Brücke, niedergeschlagen worden ist. Der Mörder hat sie dort in die Sieg geworfen.«

»Das ist so schrecklich!« stöhnte der Bürgermeister.

»Wir gehen mit großer Wahrscheinlichkeit davon aus, dass sie bei diesem Attentat ihre Kamera auf der Schulter hielt«, fuhr der Detektiv fort. »Nach Stand der Ermittlung besteht die Überzeugung, dass Thea etwas gefilmt haben muss, was den Angriff ausgelöst haben könnte.« Tristan deutete auf seine Kopfwunde. »Die habe ich verpasst bekommen, als ich eine DVD gefunden habe, die niemand sehen sollte.«

»Aber weshalb glauben Sie, dass die Kamera in die Sieg gefallen ist?« fragte der Stadtbaurat.

»Es besteht eine 50:50-Chance, dass Thea bei dem Angriff nah genug am Geländer stand, sodass die Kamera in die Sieg fallen musste«, erklärte der Detektiv.

»Wenn Sie die Kamera finden sollten, würde das den Baustopp aufheben können?« wollte der Bürgermeister wissen.

»Ich denke, wenn der Speicherchip noch intakt ist, was bei der kompakten Bauart heutzutage sehr wahrscheinlich ist, dann dürfte uns das dem Mörder ein gutes Stück näherbringen.«

»Sie haben meine Frage nicht beantwortet«, bemerkte der Bürgermeister.

»Warten wir doch ab«, lächelte der Detektiv.

5

Im Geschäftshaus an der Bahnhofstraße war der Aufmarsch der Polizisten nicht unbemerkt geblieben. August Schuster stand am Fenster im obersten Stockwerk und fragte sich, was jetzt schon wieder passiert war.

»Rufen Sie Krämer an«, rief er seiner Sekretärin zu. »Er soll mal rüberkommen.«

Schuster wartete, bis seine Sekretärin den Anruf getätigt hatte.

»Er kommt in fünf Minuten«, teilte sie ihm mit.

»Gut, ich geh runter und seh mir mal an, was die Polizei da treibt.«

»Was ist mit Herrn Krämer?« wollte die Sekretärin wissen.

»Den fange ich vor der Haustür ab«, antwortete Schuster und drückte den Fahrstuhlknopf. Dem Geschäftsmann und Aufsichtsratsvorsitzenden gefiel es, wenn er seinen Vorstand antanzen lassen konnte, wann er wollte. Allerdings fragte er sich, ob diese Unterwürfigkeit gut für das Gedeihen des Geldinstituts war. Manchmal erschreckte selbst Schuster vor Äußerungen, die sein erster Mann von sich gab.

Die Fahrstuhltür öffnete sich und Schuster ließ sich nach unten fahren.

Dem Geschäftsmann ging noch eine andere Sache durch den Kopf, während im Hintergrund die Musik dudelte. Seit seinem Besuch bei Bertha Schneider spürte er in seiner Magengegend einen leichten Druck. Das beunruhigte ihn. Schuster wusste, dass dieses Gefühl nichts mit einem gesundheitlichen Leiden zu tun hatte. Es stellte sich seit Jahren immer dann ein, wenn ein großes Geschäft in ein unsicheres Fahrwasser gelangte. Ausgelöst wurde der Magendruck durch Berthas offensichtliche Gelassenheit, als er ihre Finanzverhältnisse angesprochen hatte. Der Geschäftsmann kannte ihre Bilanzen und ihm wäre purer Schweiß die Stirn heruntergelaufen, hätte man ihn auf solche Zahlen angesprochen. Bertha jedoch hatte es einfach übergangen. Schuster ahnte, dass er von Krämer völlig falsche Fakten erhalten hatte.

Der Fahrstuhl bremste ab und die Tür öffnete sich. Mit einem anbiedernden Lächeln stand Krämer bereits im Foyer des Hauses. Das war selbst Schuster unheimlich.

»Haben Sie den Aufmarsch der Polizei gesehen?« fragte Krämer aufgeregt.

»Ja, deshalb bin ich heruntergekommen«, antwortete Schuster.

»Sie wissen demnach auch nicht, was da vor sich geht?« schnaufte der Vorstand.

»Nein, aber lassen Sie uns doch mal nachsehen«, schlug Schuster vor.

Zusammen gingen sie die paar Meter über den Maria-Rubens-Platz auf die Bauhütte zu.

Der Bürgermeister und sein Stadtbaurat hatten die Siegplatte verlassen. Sämtliche Arbeiter und eine Schar uniformierter Polizisten tappten einige Meter tiefer durch die Sieg. Marlowe saß auf der Kletterstange im Oldtimer und verging sich an einem Keks. Außer dem Bauleiter und Tristan befand sich kein Mensch auf der Siegplatte. Neben der Bauhütte unterhielt sich Tristan mit Martin.

Der junge Bauleiter erinnerte sich an die Warnung, die er von Waltraut erhalten hatte. Er antwortete zögerlich auf Tristans Fragen. Zuerst hatte der Detektiv sich nach seinem Verhältnis zu

Thea erkundigt. Da er das auch schon gegenüber der Polizei erklärt hatte, wiederholte er es einfach nochmals. Kniffelig wurde es für Martin, als Tristan fragte: »Können Sie sich erklären, warum der Stadtbaurat so überrascht war, als er von Ihrer Beziehung mit Thea erfuhr?«

In diesem Moment erreichten Schuster und Krämer die Bauhütte. Krämer musste die letzten Worte von Tristans Frage gehört haben.

»Was, du betrügst deine Freundin?« giftete Krämer los.

Tristan war genauso überrascht wie Martin. Während Martin durch den plötzlichen Überfall verunsichert wurde, ließ sich Tristan nicht ablenken.

»Sie kennen sich?« fragte der Detektiv.

»Martin ist mein Neffe«, zischte der Geldverleiher, ohne auf Tristan zu achten. »Wie lange ging das schon?«

»Das geht dich nichts an«, knurrte Martin, und weil Tristan aufmerksam zuhörte, erklärte er: »Mein Onkel denkt wohl, dass ich meine jetzige Freundin betrogen hätte.«

Krämer versuchte, sich zu sammeln.

»Interessant?!« sagte Tristan.

»Was ist daran interessant?« bellte Krämer reflexartig. »Und überhaupt, was geht hier jetzt schon wieder vor?«

»Ich denke, das geht dich nichts an«, erwiderte Martin kalt, dem das Verhalten seines Onkels mehr als peinlich war.

»Herr Irle, verzeihen Sie die Störung.« Schuster sprach ruhig und sachlich. Er versuchte ganz offensichtlich, die Spannung abzubauen. »Wir haben das erhöhte Polizeiaufgebot wahrgenommen und uns gefragt, ob es ein Sicherheitsproblem geben könnte.«

»Nein, die suchen nach Theas Kamera«, stöhnte Martin und wäre am liebsten davongerannt.

»Eine Kamera?!« wunderte sich Schuster.

»Ja, die von dieser Thea, mit der sich mein Neffe wohl vergnügt hat«, zischte Krämer.

»Dann wurde also diese Thea hier gefunden«, stellte Schuster ruhig fest.

»Wer denn sonst«, giftete Krämer und schüttelte den Kopf, als wäre Schuster schwer von Begriff.

Tristan verfolgte die Szene schweigend.

»Können wir das Thema jetzt wechseln?«, bat Martin eindringlich und wandte sich dem Detektiv zu. »Hätten Sie sonst noch Fragen an mich?«

»Im Moment nicht mehr«, antwortete Tristan.

Im Siegbett riefen sich die Männer plötzlich Kommandos zu.

»Scheint so, als hätten die was gefunden«, meinte Schuster und ging zur Kante der Siegplatte. Die anderen folgten ihm.

Im Siegbett stand der Hauptkommissar in rosa Gummistiefeln und hielt eine ramponierte Kamera in die Luft.

6

Im technischen Labor der Kreispolizeibehörde nahm ein Experte die Kamera auseinander. Pfeiffer und Tristan sahen ihm dabei über die Schulter. Ziel war es, die Speicherkarte sicher zu bergen. Momentan wurde der Kartenschlitz durch eine Menge Schlamm und andere Kleinstobjekte versperrt. Um an die SD-Karte zu gelangen, mussten störende Bauteile abgeschraubt werden.

»Was meinen Sie, wird die SD-Karte noch funktionieren?« fragte Pfeiffer seinen Kollegen.

»Sicher, solange wir sie nicht beim Herausziehen beschädigen«, antwortete der Techniker, der gerade das Batteriegehäuse entfernte. »Ich hoffe nur, dass die Kontaktflächen nicht korrodiert sind.«

»Wäre das schlimm?« hakte Pfeiffer nach.

»Na klar! Das wäre dann so, als hätte man die Karte in den Schlitz geklebt. Die bekommen wir dann nicht mehr unbeschädigt da raus!«

»Wo sind eigentlich Affolderbach und Holzbaum?« wunderte sich Pfeiffer.

»Oh, die hab ich um einen Gefallen gebeten«, antwortete Tristan.

»So?!« Pfeiffer sah ihn durch seine Nickelbrille skeptisch an.

»Als ich eben mit einigen Herren auf der Platte sprach, ist mir etwas aufgefallen«, erklärte der Detektiv.

»Sie haben jetzt nicht vor, mir das genauer zu erklären, oder?« Der Hauptkommissar beherrschte sich und formulierte die Frage erstaunlich ruhig.

»Also, ich habe da eine Vermutung, möchte sie aber noch nicht aussprechen«, nickte Tristan.

»Und meine Kollegen überprüfen jetzt diese Vermutung! Ist es so?« Pfeiffer seufzte müde.

»Wie immer brillant erkannt«, lächelte der Detektiv.

»Was vermuten Sie auf der Karte?« fragte Pfeiffer, als hätten sie nie über den kleinen Personalaustausch gesprochen.

»Wenn wir Glück haben, einen guten Hinweis«, meinte Tristan.

»Könnte es sein, dass Thea ihren Tod gefilmt hat?« überlegte Pfeiffer laut. »Wissen Sie, es gibt Filme, die sind so aufgebaut, als würden sie etwas dokumentieren. Da läuft der Held mit einer Videokamera herum. Die Zuschauer sehen nur das, was der Held filmt. Das soll so eine beklemmende, existenzielle Atmosphäre schaffen. Und manchmal hat der Regisseur den Einfall, den Helden sterben zu lassen, während er sich selbst dabei filmt. Die Kamera fällt ihm dann meist aus der Hand und filmt vom Boden aus weiter. Diese Kameras gehen eigentlich in solchen Filmen nie kaputt.«

»Dann wollen wir hoffen, dass das hier auch so der Fall ist«, meinte Tristan, der keine Ahnung hatte, was sich Pfeiffer da so reinzog.

Der Techniker kam mit dem Auseinanderbau der Kamera zügig voran. Das Wasser hatte weniger Schäden verursacht als gedacht. Schließlich lag die Speicherkarte vor ihnen.

Das kleine Teil sah intakt aus. Der Techniker untersuchte die Speicherkarte und fand keine nennenswerten Schäden. Dennoch meinte er: »Ich würde noch eine Weile damit warten, sie in ein Lesegerät zu stecken. Es könnte noch etwas Feuchtigkeit in der Karte stecken. Das könnte zum Schluss noch die Daten löschen.«

»Und wie lange ist eine Weile?« hakte Pfeiffer nach.

»Ne' Stunde oder so?« antwortete der Techniker. »Es ist warm, legen Sie die Karte ruhig in die Sonne.«

»Das meinen Sie ernst?« wunderte sich Tristan.

»Mutter Natur hilft in den meisten Fällen am besten aus«, grinste der Techniker und begann, die Einzelteile der Kamera in eine Kiste zu verstauen.

Pfeiffer schnappte sich die Speicherkarte. »Gehen wir rauf in mein Büro!«

Dort saßen Arne und Affolderbach vor Computern.

»Und, habt ihr die Speicherkarte?« fragte Holzbaum, der sich auf Pfeiffers Platz gesetzt hatte.

»Ja, hier ist das Ding«, nickte der Hauptkommissar. »Wir sollen es aber noch eine Weile in die Sonne halten.«

»Ist das wahr?« wunderte sich Holzbaum.

Tristan nickte.

Arne blickte auf und erklärte: »Damit die Information auf dieser Karte gezielt gespeichert werden kann, müssen Ladungen auf ein schwimmendes Tor, das sogenannte *Floating-Gate*, gebracht und wieder entfernt werden. Diese Änderung des Ladungszustands ist nur durch den quantenphysikalischen Tunneleffekt möglich, der es Elektronen erlaubt, den eigentlichen Nichtleiter zu passieren. Zwischen den feinen Leiterbahnen könnte sich Kondenswasser gebildet haben. Es würde sich dabei um eine geringe Ansammlung von H_2O handeln, die aber ausreichen würde, um schädlich zu wirken, und den Speicher zu beschädigen.«

»Woher wissen Sie so was?« Tristan war perplex.

»Grundkurs Informationstechnik«, antwortete der Jungkommissar und begann dann zu lächeln. »Wir haben herausgefunden, was Sie wissen wollten. Bitte sehen Sie selbst!«

»Könnt ihr mir mal erklären, warum ihr für einen Zivilisten arbeitet?« brummte Pfeiffer.

»Er hatte eine Spur«, antwortete Holzbaum, der mittlerweile hinter Arne stand und mit Tristan auf den Bildschirm blickte.

Arne scrollte die Bildschirmseite herunter.

»Wo kommen diese ganzen Fotos her?« wunderte sich der Detektiv.

»Die stammen alle von Martin Funk oder von seinen Freunden«, erklärte Arne begeistert. »Was zählt, ist, dass er sie auf seiner Seite in diesem Sozialen-Netzwerk hochgeladen hat.« Etwas abfälliger fuhr er fort: »Die Leute werden jeden Tag in irgendeinem Printmedium oder im TV davor gewarnt, zu viel von sich im Internet preiszugeben. Das haben sie nun davon! Wir haben ein komplettes Dossier von Martin Funk anlegen können.«

»Martin Funk, der Bauleiter!« Pfeiffer trat jetzt ebenfalls zu Arne an den Schreibtisch. »Der Kerl hat seine Ex ermordet, dass habe ich doch gleich gesagt.«

»Das wissen wir noch nicht«, widersprach der Detektiv. »Gibt es Fotos mit diesem Krämer?«

»Was für ein Krämer?« hakte Pfeiffer nach. »Der, den Thea interviewt hat?«

Tristan erzählte den Beamten von der kleinen Szene, die Krämer seinem Neffen auf der Siegplatte gemacht hatte. Außerdem erwähnte der Detektiv, dass der Stadtbaurat eine interessante Bemerkung zu Martins aktuellen Beziehungen gemacht hatte.

»Der Bauleiter wollte nicht herausrücken, mit wem er momentan zusammen ist«, endete Tristan. »Das machte mich stutzig!«

»Und wissen wir jetzt, mit wem er momentan zusammen ist?« fragte Pfeiffer spitz.

»Hier taucht immer wieder eine Frau auf«, sagte Arne und scrollte weitere Fotos auf den Bildschirm.

»Steht da irgendwo, wer die Frau ist?« fragte Pfeiffer.

»Nicht nötig, ich kenne diese Frau«, sagte Tristan. »Das ist Waltraut Schröder, eine Stadträtin.«

»Eine Stadträtin?!« wunderte sich der Beamte. »Was hat das jetzt schon wieder zu bedeuten?«

»Keine Ahnung«, stöhnte Tristan, »aber ich gehe mal davon aus, dass das der Stadtbaurat bereits wusste.«

Und noch etwas fiel ihm auf, aber das behielt er erstmal für sich.

6. Es war an der Zeit ...

Freitagmittag

Es war an der Zeit, die Speicherkarte zu benutzen. Die Beamten entschieden, dass die Karte in den Händen von Arne am besten aufgehoben war. Der Jungkommissar besaß die nötigen Computerfertigkeiten, um im Falle eines Notfalls möglichst viele Daten zu retten.

Arne war sich der Verantwortung bewusst und wollte niemanden enttäuschen. Seine Hand zitterte ein wenig, als ihm Pfeiffer das Beweisstück reichte.

»Jetzt bauen Sie keinen Mist!« warnte der Hauptkommissar, was den jungen Beamten nur nervöser machte.

Vorsichtig steckte Arne die Speicherkarte in ein Lesegerät, das an dem Computer angeschlossen war. Der Computer erkannte das neue Speichermedium.

»Das ist gut«, nickte der Polizist und öffnete ein Programm, das die Daten von der Karte abrufen sollte.

Auch das gelang ohne Schwierigkeiten. Jetzt entspannte sich Arne zunehmend. Als alle Daten auf dem Computer gesichert waren, startete er ein neues Programm, das Videoaufnahmen abspielen konnte.

»Jetzt kommt es darauf an, dass die Daten nicht beschädigt worden sind«, erklärte Arne und drückte eine Taste. Der Bildschirm wurde schwarz, dann erschien das erste verwackelte Bild.

Dieses Mal waren die Aufnahmen nicht von einer Produktionsfirma bearbeitet worden. Deshalb erschienen weder eine Zeitangabe noch ein Logo. Man erkannte, dass Thea ein paar Probeaufnahmen von der Siegplatte gemacht hatte. Es war dämmrig und die Umgebung wirkte verschwommen. Da sie filmte, während sie ging, tanzten die Aufnahmen hin und her.

»Das macht einen ja ganz schwindelig«, beschwerte sich Pfeiffer.

»Was filmt sie da?« fragte sich Holzbaum.

»Das ist der abgefräste Boden der Siegplatte«, meinte Tristan. »Sieht aus, als bewegt sie sich auf die Brücke zu.«

Dann wurde das Bild wieder schwarz. Es dauerte eine Sekunde, bis eine neue Aufnahme zu sehen war. Dieses Mal wackelte das Bild nicht. Es war jetzt deutlich zu sehen, dass sie auf der Brücke stand. Man erkannte eine reißende Sieg, deren Wassermassen fast bis zur Brücke reichten. Tanzende Schaumkronen glänzten im faden Laternenlicht. Die Kamera schwenkte langsam über die Siegplatte. Im Hintergrund leuchtete die Theaterfassade in buntem Licht. Plötzlich hörte man eine Männerstimme schimpfen. *»Was fällt Ihnen ein! Sie ruinieren mich!«*

Das Bild schwenkte vom Theater weg zurück zur Sieg und dann auf die Häuser, die an der

Sandstraße lagen. »*Das haben Sie sich selbst zuzuschreiben!*« hörte man eine andere Stimme antworten. »*Sie sind ein elendiger Bastard*«, erwiderte die erste Stimme.

Sie sahen, wie Thea versuchte, die beiden Männer mit der Kamera einzufangen. Schließlich gelang es ihr. Langsam zoomte das Bild heran.

»Halten Sie an!« befahl der Hauptkommissar. »Das ist doch dieser Krämer!«

Man konnte den Geldverleiher gut erkennen.

»Und der andere Mann?« fragte Holzbaum.

»Ich glaube, das ist Horst Schneider«, antwortete Tristan.

»Wer?!« Pfeiffer sah den Detektiv neugierig an.

»Erkläre ich Ihnen später! Lassen Sie uns die Aufnahme zu Ende sehen.«

Pfeiffer nickte Arne zu, der ließ den Film weiterlaufen.

»*Was haben Sie davon, wenn Sie mich ruinieren?*« stöhnte Horst aufgeregt.

»*Ihr Haus ist etwas wert, das lässt sich gut verkaufen*«, antwortete Krämer. »*Ich habe ja keine Schulden gemacht.*«

»*Sie haben schon einen Käufer, nicht wahr?!*« Horst trat einen Schritt auf den Geldverleiher zu.

»*Das geht Sie gar nichts an!*« grinste Krämer.

Das war zu viel für den Geschäftsmann. Plötzlich fasste Horst sich an die Brust und stöhnte auf. Krämer reagierte amüsiert. Doch als Horst auf die Knie sank und etwas Unverständliches röchelte, erschrak der Geldverleiher. Er trat einen Schritt zurück und rannte dann davon.

»Helfen Sie dem Mann!« rief Thea ihm nach.

Das Bild begann zu wackeln. Thea hielt die Kamera nicht mehr gerade. Sie nahm jetzt den Boden auf. *»Halten Sie durch, ich komme«*, hörten sie Thea rufen. Dann blieb sie plötzlich stehen. Die Kamera schwenkte vom Boden weg. Ein schwacher Blitz erhellte das Bild für den Bruchteil einer Sekunde.

»Was?!« hörten sie Thea sagen - dann wurde das Bild krisselig.

Sprachlos sahen sich die Männer an.

»Ist da gerade ein Mensch gestorben?« fragte Arne verstört.

»So wie es aussieht, ja!« flüsterte Holzbaum.

»Aber wir haben keine Ahnung, wer Thea da angreift«, ärgerte sich Pfeiffer. »Wir haben nur einen feigen Geldverleiher gesehen, der fortläuft, statt zu helfen!«

Tristan nickte. Ihm war die Enttäuschung anzusehen. Er musste das erst einmal verkraften. »Meine Herren, es wird Zeit, dass ich nach Marlowe schaue. Ich hoffe, dass er mir nicht die Polsterung angeknabbert hat.«

»Sie wollen jetzt gehen!?« beschwerte sich der Hauptkommissar. »Was sollen wir jetzt unternehmen?«

»Wir wissen jetzt, dass Lil mit ihrer Rekonstruktion richtig lag. Wie wäre es, wenn Sie nach der Tatwaffe suchen würden?« schlug Tristan vor.

»Meinen Sie nicht, dass die in der Sieg gelandet ist?« antwortete Pfeiffer.

»Sie haben doch noch Ihre Gummistiefel, oder?«

»Aber das ist unnütz!« schnaufte der Polizist. »Wenn es sich um einen Knüppel gehandelt hat, dann schwimmt er jetzt schon im Rhein!«

»Es war kein Knüppel, sondern ein Rohr«, antwortete Tristan.

»Jetzt wollen Sie mich verarschen! Das können Sie doch gar nicht wissen!« empörte sich der Hauptkommissar.

»Dieser schwache Blitz, kurz bevor das Bild krisselig wird, das war eine Spiegelung. Sie wurde durch ein glänzendes Metall ausgelöst.« Tristan fasste sich an seine Wunde. Er bekam leichte Kopfschmerzen. »Sehen Sie auf der Siegplatte nach, dort, wo Sie gestern Nachmittag das Auto abgestellt haben. Da liegt ein Stapel von Rohren, die könnten die richtige Länge und den passenden Durchmesser haben.«

Pfeiffer war sprachlos.

»Die Tatwaffe wurde von den Wassermassen bestimmt nicht weit mitgerissen.« Tristan verließ das Büro.

»Wir könnten noch Fingerabdrücke auf dem Rohr finden«, murmelte Holzbaum.

2

Marlowe hatte die Sitzpolster des Oldtimers in Frieden gelassen. Allerdings benötigte der Innenraum eine Grundreinigung. Auf den Vordersitzen lagen überall Kekskrümel. Sie verteilten sich an Stellen, die Tristan überraschten.

Der Detektiv wischte den Fahrersitz sauber und setzte sich. Die frische Luft auf dem Parkplatz hinter der Kreispolizeibehörde tat ihm gut. Die Kopfschmerzen ließen nach. Er begann Marlowe die Brust zu kraulen und dachte nach.

Jetzt, da er wusste, dass Krämer mit Theas Mord nichts zu schaffen hatte, rückten der Bauleiter sowie der Geschäftsmann Schuster in seinen Fokus. Er zog seinen Notizblock aus der Strickjacke und schrieb die beiden Namen auf. Irgendwie drängten sich die Namen der Stadträtin und des Stadtbaurats in sein Gedächtnis. So notierte er auch diese. Er brütete einen Moment über dem Block, dann sagte er zu Marlowe: »Lust auf einen kleinen Ausflug?«

Der Kakadu wippte aufgeregt mit seinem Oberkörper hin und her.

»Das nenne ich mal ein „Ja"«, lächelte der Detektiv müde und startete den Motor.

Tristan lenkte den Borgward auf die Weidenauer Straße und fuhr in Richtung Geisweid. Sein Ziel war das Rathaus in Geisweid. Dort befand sich das Büro des Stadtbaurates.

Die Stadt Siegen leistete sich mehrere Rathäuser. So gab es ein Rathaus in Weidenau und eines in Geisweid. Im Ortskern Geisweid wurde das Rathaus in den siebziger Jahren errichtet. Dort tagte seit 1975 auch der Stadtrat. Das Bauamt hatte ebenfalls seinen Sitz in diesem Gebäude.

Die Fahrt entlang der Hauptstraße führte ihn unter der HTS hindurch, vorbei am Monte Schlacko, an den Hallen des Stahlwerkes bis auf den Parkplatz neben dem Rathaus.

Dieses Mal nahm er Marlowe mit. An der Information ließ er sich anmelden und stand wenige Minuten später im Vorzimmer des Stadtbaurates.

»Was führt Sie zu mir, Herr Irle?« grüßte Rudik neugierig.

»Können Sie sich das nicht denken?« antwortete Tristan freundlich.

»Oh, natürlich!« nickte Rudik, »dann kommen Sie mal in mein Büro. Der Kakadu wird doch keine Schwierigkeiten machen?«

»Solange man ihn nicht reizt, nein«, antwortete der Detektiv.

Tristan folgte dem Beamten in sein Büro. Sie nahmen Platz, während Marlowe sich neugierig nach den vielen Plänen umsah, die verstreut auf einem Tisch herumlagen. Sie schienen perfekt zum Anknabbern zu sein.

Tristan bemerkte Marlowes Interesse und warnte ihn, dann richtete er sich an Rudik.

»Der Einsatz Ihrer Politesse hat mir weitergeholfen«, sagte Tristan.

Rudik schmunzelte und meinte: »Welche Politesse?«

Tristan verstand, dass der Beamte keinen Zusammenhang herstellen wollte, die die Stadt kompromittieren könnte. Er nickte nur verschwörerisch und berichtete dem Stadtbaurat über die neusten Ergebnisse.

Der hörte sich das Ganze an und sagte schließlich: »Meine Position erlaubt mir nicht, vertrauliche Dinge ohne schwerwiegenden Grund preiszugeben. Als ich Sie bat, die Ermittlungen aufzunehmen, tat ich das in der Hoffnung, dass sich meine Befürchtungen nicht bestätigen würden. So wie ich das jetzt jedoch betrachte, hätte ich mit Ihnen früher sprechen müssen.«

Tristan hörte aufmerksam zu. Rudik lehnte sich in seinem Stuhl zurück und erklärte: »Frau Meiswinkel war mit ihrer Kamera auch bei mir. Sie erinnern sich sicherlich, das berichtete ich Ihnen bei unserem ersten Treffen. Schon damals fragte sie mich ausgiebig danach aus, wie sich die Wertsteigerung der Häuser an der Sandstraße nach dem Siegumbau beziffern lassen würde.

Natürlich konnte ich der Filmemacherin keine genauen Zahlen angeben, aber ich verwies darauf, dass in jedem der Häuser Gewerbe ansässig waren. Mit dem richtigen Gewerbe, so teilte ich ihr mit, ließe sich in Zukunft sicherlich großartig Geld verdienen.«

»Ein Geschenkeladen gehört sicherlich nicht zu diesem Gewerbe«, sagte Tristan.

»Wohl eher nicht«, nickte Rudik. »Aber, wenn so ein *Geschenkeladen* große Verkaufsflächen hätte – und wie ich weiß, gibt es einen, der diese Fläche hat – dann ließe sich das Geschäft umbauen, zum Beispiel in ein Café oder ein Restaurant.«

Tristan zog die Augenbrauen nach oben und blickte den Stadtbaurat über den Rand seiner Halbbrille hinweg an.

Rudik nickte und erklärte: »Eines der erfolgreichsten Gewerbe nach der Wiederherstellung des Siegufers wird zweifelsohne das Gaststättengewerbe sein. Unsere Planung sieht vor, Bereiche der Uferpromenade für Gastronomie zu öffnen. Stellen Sie sich das Ufer bei diesem herrlichen Wetter vor. Die Menschen werden dort verweilen wollen. Hinzu kommt, dass das Unterere Schloss bald zu einem Campus wird. Viele junge Menschen werden dann die Stadt bereichern.«

»Ihre Prognose stützt sich auf Vergleiche anderer Städte?« fragte der Detektiv nach.

Rudik nickte.

»Könnte es sein, dass bereits Bauanträge in Ihrem Amt vorliegen, die einen solchen Umbau bestätigen würden?«

»Sie wissen, dass ich Ihnen keine konkreten Auskünfte geben darf?« Rudik musterte Tristan.

Der Detektiv nickte.

»Ich kann Ihnen höchstens mitteilen, dass es Bauanträge gibt. Wer diese stellte, das dürfen wir nur der Polizei im Zuge deren Ermittlung mitteilen.«

»Verstehe!« Tristan hatte noch eine Frage. »Sie haben heute Vormittag auf der Siegplatte etwas verwundert geschaut, als Sie davon hörten, dass Martin Funk ein Verhältnis mit Thea Meiswinkel hatte.«

»Oh ja, das habe ich sicherlich«, grinste Rudik und erklärte, weshalb er so erstaunt war.

3

Als Tristan das Geisweider Rathaus verließ, konnte er einiges klarer einordnen. Er rief Hauptkommissar Pfeiffer an und bat ihn, einige Informationen einzuholen. Der Hauptkommissar war gar nicht erfreut, schon wieder den Handlanger zu spielen. Tristan stellte ihm jedoch in Aussicht, dass er so vielleicht einen zweiten Ausflug in der Sieg vermeiden konnte. Da stimmte der Polizist zu.

Der Detektiv fuhr nach Hause. Marlowe würde bei dem, was nun kommen würde, nur stören. Vielleicht passte Erich nochmals auf den Kakadu auf?

Tristan erreichte den Hof hinter der Marienkirche. Er stellte den Oldtimer vor der Kirche ab und ließ Marlowe im Hof fliegen. Müde schlenderte Tristan auf eine Bank zu, die er vor seiner Haustür aufgestellt hatte.

Die Sonne stand fast im Zenit, was ihn daran erinnerte, das Mittagessen nicht ausfallen zu lassen. Die Ruhe im Hof tat gut. Er ging kurz ins Haus und kam mit einem Tabakbeutel und einer Pfeife zurück. Nachdenklich begann er, den Pfeifenkopf zu stopfen.

Seine grauen Zellen begannen, die vielen Informationen zu bewerten und einzusortieren. Da war dieser Krämer, der seine Position dazu nutzte, einen wirtschaftlichen Vorteil zu ergaunern. Was den Detektiv an dieser Überlegung jedoch störte, war die Tatsache, dass Krämer sich nicht persönlich bereichern konnte. Es war in Deutschland zwar möglich, mit durchschnittlichen Fähigkeiten ein Geldinstitut zu führen, aber persönliche Bereicherung, das war eine andere Sache. Tristan ging deshalb davon aus, dass Krämer für jemanden arbeitete.

Für den Detektiv stand fest, dass dies nur August Schuster sein konnte. Schuster besaß die nötigen Druckmittel, um seinem Vorstand den Weg zu weisen. Dass der alte Geschäftsmann dabei immer schön im Hintergrund blieb, bestätigte den Detektiv in seiner Annahme. Allerdings wusste Schuster nichts von der Lebensversicherung, die Horst Schneider abgeschlossen hatte. Die Versicherungssumme würde nun seinen Plan vereiteln, das Geschäftshaus Schneider zu übernehmen.

Aber Schuster hatte ein Motiv. Sollte der Geschäftsmann Thea dabei beobachtet haben, wie sie Horst Schneider und Robert Krämer gefilmt hatte, dann hätte der Aufsichtsratsvorsitzende sicherlich seinen Vorstand schützen wollen. Schuster war zudem fit genug, um die Attacke auf Tristan durchzuführen.

Für den Angriff war auch Martin Funk körperlich geeignet. Der Bauleiter und seine Freundin, die Stadträtin, durften bei der Lösung nicht unbeachtet bleiben.

Tristan zündete den Tabak an und blies Rauchkringel in die Luft. Die Tür des Seiteneingangs der Kirche wurde geöffnet und Erich trat heraus.

Der Detektiv winkte seinen Freund zu sich.

»Hallo, Tristan, was macht dein Kopf?« fragte der Diakon und setzte sich neben den Detektiv.

»Es geht«, antwortete Tristan.

»Wo ist Marlowe?« Erich sah sich im Hof um.

»Er fliegt eine Runde«, antwortete Tristan.

Erich nickte. Ihn überraschte immer wieder Marlowes Anhänglichkeit. »Gibt es etwas Neues in deinem Fall?«

»Ja, eine Menge«, antwortete Tristan und fasste die Ereignisse zusammen. »Jetzt warte ich auf Pfeiffers Recherche, dann müsste ich das Puzzle vervollständigen können.«

In dem Moment bog Pfeiffers Dienstauto in den Hof ein.

»Das ging aber schnell«, staunte der Detektiv.

»Tristan, du vergisst, dass wir im Zeitalter des elektronischen Datenverkehrs leben«, grinste der

Diakon. »Pfeiffer hat sicherlich nur ein paar Anfragen per Mail stellen müssen.«

Der Wagen blieb mitten im Hof stehen und Pfeiffer stieg samt Gefolge aus.

»Können Sie mir mal erklären, was die ganzen Informationen für einen Sinn haben?« rief Pfeiffer über den Hof, während er mit einem Stapel Blätter wedelte.

»Oh ja, das kann ich«, antwortete Tristan. »Aber lassen Sie mich erst einen Blick drauf werfen.«

Pfeiffer schlug die Fahrertür zu und schritt den beiden entgegen.

»Ich denke, wir sollten reingehen.« Tristan stand auf.

»Meinetwegen«, stöhnte Pfeiffer.

Erich verabschiedete sich, was die Bank frei machte für Holzbaum und Arne. Die beiden entschieden sich, die Mittagssonne zu genießen.

Drinnen sah sich Tristan die Unterlagen an, und tatsächlich hatte er jetzt alle Puzzleteile beisammen. Der Detektiv erklärte Pfeiffer seine Schlussfolgerung.

Der Hauptkommissar hörte aufmerksam zu und sagte zum Schluss. »Ihnen ist schon klar, dass wir keinen einzigen handfesten Beweis haben.«

Tristan grinste und meinte: »Das weiß der Mörder aber nicht.«

Dann erklärte der Detektiv dem Hauptkommissar, was zu unternehmen sei.

4

Neugierig beobachteten Passanten, wie ein großer Gartenpavillon neben der kleinen Brücke von Polizisten aufgebaut wurde. Besondere Aufmerksamkeit genoss ein verhüllter Gegenstand, der in den Pavillon getragen wurde. Manche behaupteten später, eine Skeletthand gesehen zu haben. Was ein Rohr in dem Pavillon zu suchen hatte, konnten sich auch die Schlausten nicht ausmalen. Der große Flachbildschirm, da waren sich die Beobachter einig, deutete auf eine Videovorführung hin.

Tristan und die Pathologin standen neben dem Eingang des Pavillons und kontrollierten den Aufbau. Der Detektiv hatte Lil über den Stand seiner Ermittlungen informiert. Sie wirkte ein wenig nervös, da mit der bevorstehenden Zusammenkunft der Hauptverdächtigen auch der Mörder den Pavillon betreten würde.

Pfeiffer und seine Kollegen sorgten dafür, dass auch alle Verdächtigen den Ernst der Lage verstanden und kamen. Erich hatte sich bereit erklärt, mit Bertha Schneider zu sprechen. Tristan fand es wichtig, dass die alte Dame über die Hintergründe des Mordes aufgeklärt werden sollte. Da er aber keinen zweiten Todesfall durch Herzinfarkt in der Familie riskieren wollte, entschied er mit Pfeiffers Einwilligung, Bertha vorab aufzuklären. Das hatte den Vorteil, dass sich Bertha nun entscheiden konnte, ob sie dem Mörder in die Augen sehen wollte.

Und Bertha entschied sich, zu kommen.

Erich hatte sich bereit erklärt, nach dem Gespräch mit Bertha auf Marlowe aufzupassen. Er hielt sich etwas abseits des Pavillons im Hintergrund bereit.

Nach und nach trafen Krämer, Schuster, der Bauleiter und Waltraut Schröder ein. Krämers Blick, als er den Detektiv erkannte, zeigte blanken Hass. Hätte ihn Schuster nicht beruhigt, der Geldverleiher wäre auf Tristan losgegangen. Martin wirkte niedergeschlagen, aber das schien eher mit seiner Freundin zu tun zu haben. Waltraut Schröder achtete darauf, dass Martin möglichst immer am anderen Ende des Pavillons stand.

Staatsanwalt Friedrich Büdenbender und Stadtbaurat Roland Rudik trafen als Letzte ein. Büdenbender nutzte das sommerliche Wetter, um seine Leinenanzüge der Welt zu präsentieren. Während er Tage zuvor in Weiß aufgetreten war, erschien er nun in einem weinroten Anzug. Natürlich trug er die passenden Schuhe dazu. Als alle da waren, gab Tristan dem Hauptkommissar ein Zeichen.

Pfeiffer begrüßte die Gäste, die sich gegenseitig musterten, als würde jeder von ihnen ein Messer verstecken. Der Hauptkommissar wies darauf hin, dass man sich bitte ruhig verhalten sollte. Dann übergab er das Wort an Tristan Irle.

»Guten Tag, meine Damen und Herren, wir haben einen Mörder unter uns, den Mörder von Thea Meiswinkel«, begann Tristan schonungslos. »Da Sie alle mehr oder weniger mit diesem Mord zu tun haben, fanden Staatsanwalt und Hauptkommissar Pfeiffer es für angemessen, Sie hier an den Tatort einzuladen.«

»Sie meinen die Siegplatte«, warf Schuster ein.

»Nein, ich meine den Tatort. Thea starb nicht weit von hier. Sie wurde bewusstlos geschlagen und dann in die Sieg geworfen!« Tristan gab Lil ein Zeichen.

Die Pathologin trat vor.

»Das ist Dr. Lindenberg. Sie hat die menschlichen Überreste untersucht, die von Thea unter dem Querpfeiler der Siegplatte gefunden wurden. Frau Dr. Lindenberg trug zudem maßgeblich dazu bei, den Tathergang zu rekonstruieren. Frau Doktor, bitte!«

Lil trat zu dem verhüllten Gegenstand, der von der Pavillondecke herabhing und enthüllte ihn.

Freddy kam zum Vorschein. Er hielt immer noch das Holz als Kamera auf der Schulter und den linken Arm zur Abwehr nach oben.

»Was soll das denn!« zischte Waltraut, »ist das der angemessene Umgang mit menschlichen Knochen!«

»Von Pietät haben Sie wohl noch nichts gehört!« unterstützte Krämer Waltrauts Kritik.

»Wenn Sie genauer hinsehen, stellen Sie fest, dass es sich um ein Plastikskelett handelt«, erklärte die Pathologin. »Es ist aber erstaunlich, dass gewisse Menschen glauben, wir würden echte Knochen benutzen.«

»Können Sie langsam zur Sache kommen«, drängte Schuster, der ab und zu einen gequälten Blick zu Bertha riskierte. Die Geschäftsfrau sah Schuster jedoch überhaupt nicht an.

»Gerne, Herr Schuster. Sie sind jemand, der die Siegplatte lieber behalten hätte. Stimmt das?«

»Ja, aber man kann sich nicht gegen die Zeit wenden«, antwortete er gelassen.

»Nein, aber man kann die Veränderung nutzen, um Geschäfte zu machen«, erwiderte Tristan.

»Dafür sind wir ja Geschäftsleute«, grinste Schuster schief.

»So?« Tristan wandte sich angewidert ab und sagte. »Sie wollten die finanzielle Notlage von Horst Schneider ausnutzen, um Haus und Boden zu kaufen! Dafür haben Sie den Vorstand Robert Krämer als Komplizen benötigt.«

Krämer wollte widersprechen, doch Schuster schüttelte den Kopf.

»Dass ich mich für das Haus interessiere, kann Ihnen Frau Schneider bestätigen, und dass ich dabei Hilfe von Herrn Krämer erhalten habe, das können Sie gar nicht beweisen«, antwortete Schuster selbstsicher.

Der Detektiv wandte sich an den Geldverleiher.

»Gab es einen gewissen Grund, warum Sie Ihrem Aufsichtsratsvorsitzenden so in den Popo gekrochen sind?«

»Ich verbitte mir diesen Ton!« stieß Krämer aus. »Was fällt Ihnen ein, mich in aller Öffentlichkeit einer solchen Mauschelei zu beschuldigen!«

»Wissen Sie was, Herr Krämer, Sie sollten sich schämen.« Tristan wandte sich zu dem großen Bildschirm. »Thea Meiswinkel war Dokumentarfilmerin. Sie hat während ihrer Recherche und ihren Aufnahmen mit vielen Menschen gesprochen. Dabei ist ihr klar geworden, dass der Umbau für ein paar Menschen nur ein Geschäft ist, das andere in den Abgrund reißt. In so einer Not sollten Menschen zusammenstehen und helfen. Dafür wurden vor 100 Jahren, soweit ich mich erinnere, unter anderem Genossenschaften gegründet.

Sie, Herr Krämer, sollten das wissen!«

Tristan schaltete den Bildschirm an. Als Krämer ahnte, was der Detektiv abspielen wollte, schrie er: »Schalten Sie das ab! Schalten Sie das sofort ab!«

Tristan folgte der Aufforderung, aber nicht um Krämer, sondern um Bertha Schneider zu schützen.

»Was dieses Video zeigt, ist die traurige Tatsache, dass Menschen habgierig und feige zugleich sein können.« Tristan erklärte den Anwesenden, was Thea beobachtet und gefilmt hatte.

Pfeiffer wurde unterdessen aktiv. Nachdem Krämer fast auf den Detektiv losgegangen wäre, sorgte der Hauptkommissar dafür, dass sich das an anderer Stelle nicht wiederholen würde. Wie brutal der Mörder vorging, zeigten die Schläge gegen Thea und Tristan.

»Das war die vorletzte Aufnahme, bevor man Thea tötete«, sagte Tristan und wandte sich an den Geldverleiher. »Da Sie, Herr Krämer, feige weggerannt sind, haben Sie für den Mord an Thea ein Alibi.«

»Ich muss hier raus, sofort!« japste Krämer und Pfeiffer ließ ihn gehen.

»Was ist eigentlich Ihr Alibi, Frau Schröder?« fragte Tristan.

»Ha, Sie machen wohl einen miesen Scherz?« antwortete die Stadträtin.

»In dieser Umgebung? Finden Sie das pietätvoll?« Tristan blickte zu Schuster. »Wussten Sie eigentlich, dass Horst Schneider eine Lebensversicherung abgeschlossen hatte?«

Schuster blickte zu Bertha, die ihn immer noch ignorierte, und schüttelte den Kopf. Ihm war aber schlagartig klar, dass das Geschäft nicht mehr zustande kommen würde.

»Herr Funk!« rief Tristan.

Martin zuckte zusammen.

»Herr Funk, Sie waren eine Zeit lang mit Thea liiert, hatten Sie einen Zweitschlüssel für ihre Wohnung?«

»Ja, den hatte ich«, antwortete Martin.

»Hatte oder habe?« hakte Tristan nach.

»Ich glaube, den müsste ich noch haben«, gestand der junge Mann.

»Jetzt sind Sie mit Waltraut Schröder befreundet?« fragte Tristan.

»Ja, aber das wissen Sie doch alle!« schnaufte Martin.

Tristan nickte und sagte: »Herr Funk, gegen Sie habe ich nichts, Sie haben bloß eine Mörderin zur Freundin.«

»Was?!« Martin starrte Waltraut an. »Ist das wahr?«

Die Stadträtin reagierte nicht.

»Ich konnte es auch nicht glauben«, begann der Detektiv zu erklären. »Als ich Frau Schröder das erste Mal sah, erinnerte sie mich an eine Fregatte. Sie wirkte etwas stämmiger. Deshalb wäre ich nie auf den Gedanken gekommen, sie als die Angreiferin zu identifizieren, die mir fast den Schädel zertrümmert hätte. Aber sehen Sie die Stadträtin jetzt an!«

»Was wollen Sie? Ich habe in den letzten Monaten einige Kilos abgenommen«, antwortete Waltraut. »Das haben Sie doch auf den Fotos gesehen!«

»Welche Fotos?« hakte Tristan nach.

»Bitte, natürlich die aus dem Internet!« schnaufte Waltraut. »Spielen Sie doch nicht den Blödmann!«

»Und weshalb dann Ihre Verkleidung mir gegenüber?«

»Das war keine Verkleidung, das war der pure Notstand«, grinste sie. »Wenn man so schnell so viel abnimmt wie ich, dann folgt einem der

Kleidergrößenwechsel wie ein Fluch. Kurzum, ich musste zu einer Sitzung und hatte nichts anzuziehen, das passte. Also habe ich mit etwas Geschick den Stoff an den Stellen ausgepolstert, an denen er sonst unansehnlich heruntergehangen hätte. Ich geb ja zu, dass das ein ungewöhnliches Verhalten gewesen war, schließlich habe ich mich von einer 42 auf eine 38 heruntergehungert. Aber, mein Gott, das war ein Chanelkleid, das trägt man nicht wie einen alten Sack. Ich bin halt nur eine Frau! Was kann ich dafür, dass Sie den falschen Eindruck bekommen haben.«

»Das sollen wir Ihnen glauben?« Tristan schüttelte den Kopf.

»Außerdem, was sollte ich für ein Motiv haben!« rief Waltraut.

»Ihr Motiv ist wie so oft Habgier!« antwortete Tristan und erklärte: »Sie sind die Nichte von Bertha Schneider. Sie werden das Haus an der Sandstraße erben. Ihnen liegt es genauso am Herzen, wie es Ihrer Tante am Herzen liegt. Sie waren, wie ich vermute, auch über die finanzielle Lage informiert.«

Waltraut schwieg und presste die Lippen aufeinander.

»Um für die Zeit während des Umbaus etwas für das Geschäft tun zu können, haben Sie sich wahrscheinlich an Martin Funk herangemacht. Als Bauleiter hätte er die Belastungen durch den Baubetrieb steuern können. Wir wissen ja, dass die Sandstraße nach dem Siegufer neu gestaltet werden soll. Da kann es nicht schaden, den Bauleiter mal hier, mal da um einen Gefallen zu bitten. Zum Beispiel, den Bürgersteig vor dem Geschäft frühmorgens aufzureißen, wenn wenig Kundschaft erwartet wird, damit der spärliche Umsatz nicht noch geringer ausfällt. Es hätten sich sicherlich zahlreiche Umstände ergeben.«

»Deshalb wolltest du nicht, dass wir in der Öffentlichkeit auftreten. Du hattest Angst, dass man die möglichen Gefälligkeiten erkannt hätte!« Martin wandte sich ab.

»Wie wir herausgefunden haben, wollten Sie den Geschenkeladen in ein Café verwandeln. Der Bauantrag liegt vor.«

»Das ist alles korrekt, aber weshalb sollte ich diese Dokumentarfilmerin töten!« erwiderte Waltraut und blickte das erste Mal zu ihrer Tante. Was Waltraut in ihren Augen sah, ließ sie erschaudern.

»Weil Thea den Tod Ihres Onkels gefilmt hat. Es war Theas Unglück, dass Sie an diesem Abend zufällig vorbeikamen. Sie haben den Streit zwischen Krämer und Ihrem Onkel wahrscheinlich mitbekommen. Außerdem: Solange sich der Tod Ihres Onkels als ein tragischer Schicksalsschlag darstellte, konnten Sie sicher sein, dass die Lebensversicherung zügig ausgezahlt würde. Und dieses Geld, das wussten Sie, brauchte Ihre Tante schnell, um das Haus und das Geschäft zu retten.

Wären Theas Aufnahmen aufgetaucht, dann hätte es Fragen und Untersuchungen gegeben. Die Wahrscheinlichkeit, dass die Versicherung sich diesen Vorfall näher angeschaut hätte und damit die Auszahlung hinausgeschoben worden wäre, kann man als sehr hoch einstufen. Doch die Rate wird bald fällig. Wenn Sie das Geschäft einmal erben wollten, dann mussten Sie alles dafür tun, dass Ihre Tante schnell an das Geld kommen würde. Alles andere hätte Krämer und Schuster in die Hände gespielt.«

»Du warst da!« rief Bertha verletzt und wütend. »Du hast nicht geholfen!«

Waltraut wurde nervös und schrie: »Das können Sie ja gar nicht beweisen!«

Jetzt musste der Detektiv seine Erfahrung einbringen, denn das, was er als Fakten präsentierte, konnte er nicht beweisen. Der Pavillon war nur zu dem Zweck aufgebaut worden, um diesen kleinen Umstand zu kaschieren.

Tristan deutete auf ein Rohr, das in Plastik eingehüllt neben dem Bildschirm lag.

»Erkennen Sie das Rohr wieder?«

Waltraut regte sich nicht. Sie blickte apathisch auf den Gegenstand.

Tristan erklärte, dass Thea mit so einem Rohr angegriffen wurde. Er verdeutlichte den Ablauf des Angriffes an Freddy.

»Was Sie bei diesem Angriff nicht bedachten, war, dass die Kamera noch filmte.«

Tristan trat an den Bildschirm.

»Wollen Sie sehen, was Thea als Letztes aufnahm?«

Die Stadträtin sah sich um und Hass schlug ihr entgegen.

»Ich wollte das nicht!« begann sie plötzlich zu jammern. »Ehrlich, ich wollte sie nicht töten. Ich wollte nur diese verdammte Kamera zerstören.«

»Du hättest dich um Horst kümmern müssen!« schimpfte Bertha, »vielleicht würde er heute noch leben!«

Pfeiffer nahm Waltraut fest und führte sie ab.

»Herr Funk, es tut mit Leid«, sagte Tristan. »Wir hatten Sie im Verdacht, weil in Theas Wohnung eingebrochen wurde, ohne dass die Tür aufgebrochen war.«

»Der Zweitschlüssel!« nickte Martin und fragte: »Was sollte dieser Einbruch?«

»Sie wollte damit ihre Spur verwischen.« Tristan blickte auf den Bildschirm. »So sah es aus, als hätte jemand etwas zu verbergen. Und der Angriff auf meinen Kopf, nachdem wir das Video gesehen hatten, der war genial, weil er den Verdacht auf Krämer lenkte.«

Martin schüttelte den Kopf, ihn entsetzte die ganze Entwicklung.

7. Der Baulärm ...

Freitag - immer noch Mittag

Der Baulärm würde demnächst wieder in der ganzen Stadt zu hören sein. Stadtbaurat Rudik sorgte dafür. Er besprach sich mit Büdenbender im Pavillon. Wie Tristan beobachten konnte, schien der Baustopp nicht mehr lang anzuhalten. Rudik und Büdenbender schüttelten sich die Hände, dann rief der Stadtbaurat nach seinem Bauleiter.

Büdenbender schlich auf Tristan zu. Der Detektiv stand neben dem Bildschirm und stopfte seine Pfeife.

»Das ist ungesund, das wissen Sie?« knurrte der Staatsanwalt und nahm das eingepackte Rohr in die Hand. »Erklären Sie mir doch mal, wie Sie dieses Rohr gefunden haben?«

Tristan packte den Tabakbeutel weg und steckte die Pfeife in den Mund.

»Das Rohr hab ich von dem Stapel da draußen genommen«, antwortete der Detektiv am Mundstück vorbei.

»Das ist also gar nicht die Tatwaffe?« Büdenbender wusste nicht, ob er losbrüllen oder Tristan für den Bluff feiern sollte.

Tristan schüttelte den Kopf und zündete den Tabak in seiner Pfeife an.

»Sie sollten dringend ein paar Männer in die Sieg schicken«, riet der Detektiv, »um das echte

Rohr zu finden. Da werden sicherlich noch Fingerabdrücke drauf sein.«

»Und was ist mit der Videoaufnahme? Sieht man den Täter?« Büdenbender spielte mit der Fernbedienung des Bildschirms.

»Nein«, antwortete Tristan. »Aber es hätte sein können.«

»Sie sind ein ganz Gewiefter, was?« brummte der Staatsanwalt. »Das mit dem gefilmten Herzinfarkt ist aber wahr?«

Der Detektiv nickte und blies einen Rauchkringel in den Pavillon.

»Werden Sie Krämer wegen unterlassener Hilfeleistung anzeigen?« fragte Tristan.

»Muss ich noch untersuchen«, antwortete Büdenbender. »Der Ruf dieses Geldverleihers ist jedenfalls hinüber.«

Lil, die sich vor dem Pavillon mit Holzbaum über das weitere Vorgehen mit Theas sterblichen Überresten beraten hatte, trat zu ihnen.

»Einen großartigen Job haben Sie da erledigt«, lobte der Staatsanwalt.

»Danke, aber das war meine Aufgabe«, antwortete die Pathologin.

»Sollte es mal wieder zu einem solchen Fall kommen, dann würden wir gerne auf Sie zurückkommen«, meinte Büdenbender.

»Ich würde gerne mit Herrn Irle arbeiten«, lächelte Lil. »Sie wissen doch hoffentlich, welch ausgezeichnetes Talent dieser Mann hat.«

Büdenbender rümpfte die Nase, nickte und knurrte: »Bevor ich mir eine Lobeshymne über Sie anhöre, Herr Irle, kümmere ich mich lieber um das Rohr, das wir ja noch aus der Sieg fischen müssen.«

»Sprechen Sie mit Pfeiffer, der weiß, wo man suchen muss«, gab der Detektiv ihm mit auf den Weg.

»Sie haben das wirklich gut gemacht«, lobte Lil, als der Staatsanwalt gegangen war.

»Das ist schön zu hören von jemandem, dem wissenschaftliche Fakten mehr bedeuten als Ahnungen«, antwortete Tristan.

»Aber Sie wissen schon, dass Ihnen dieser Bluff nur gelungen ist, weil Emotionen den Verstand benebelten.« Lil gab nicht so schnell ihre Position auf. »Einen Wissenschaftler hätten Sie so nicht überrumpeln können. Der hätte einfach gewartet, bis Sie die Fakten auf den Tisch gelegt hätten.«

»Das habe ich doch«, grinste Tristan und deutete auf das Rohr. »Manchmal entstehen Fakten im Kopf, wenn alle Andeutungen korrekt sind.«

Lil schmunzelte und ließ es dabei bewenden.

»Was wird aus Berthas Geschäft werden?« fragte sie nachdenklich. »Sie hat jetzt gleich zwei Familienmitglieder verloren.«

»So wie ich die alte Dame einschätze, wird sie das Geschäft umbauen«, antwortete Tristan. »Und irgendwann verkaufen.«

Draußen hörte er, wie der Diakon nach ihm fragte.

»Wir sind im Pavillon«, rief Tristan.

Der schwarz gekleidete Diakon trat mit dem weißen Kakadu auf seiner Schulter ein. Lil erkannte in Erich den Mann, der sie gestern aufforderte, an Tristans Haustür zu klopfen.

»Sie sind Freunde, das ist wunderbar!«

Marlowe sträubte seinen Kamm, als er Freddy erkannte und krächzte: »Da! Plötzlich saß dort, nein, wie nett, / ein Mensch! Vielmehr nur sein Skelett.«

Ein Dankeschön …

Mein Dank gilt Dr. Friedrich Weber, der das Archiv der Siegener Zeitung leitet. Die zahlreichen Artikel aus den sechziger Jahren waren eine große Hilfe, um die Entstehungsgeschichte zur Siegplatte zu verstehen. Ebenso hilfreich war das Gespräch mit Stadtbaurat Michael Stojan, dem ich für seine ausführlichen Erklärungen danke.

Um das Manuskript haben sich Marlis Klein, Rebecca Schmidt, Anja Georg, Manuela Mattik und Ralph Rottler gekümmert. Ihre zahlreichen Hinweise und Anmerkungen haben aus einem Manuskript einen Roman gemacht.

Mein Dank gilt außerdem den längst verstorbenen Begründern des genossenschaftlichen Gedankens: Friedrich Wilhelm Raiffeisen und Hermann Schulze-Delitzsch. Wenn auch in diesem Roman aus erzähltechnischen Gründen einige der fiktiven Figuren menschliche Abgründe aufweisen, ja den genossenschaftlichen Gedanken sogar verraten, so bin ich persönlich jedoch ein überzeugter „Genosse".

Es ist in diesem Zusammenhang zu erwähnen, dass ich der festen Überzeugung bin, dass die ehrenamtlichen Aufsichtsräte und berufenen Vorstände der Genossenschaftsbanken sich ihrer Verantwortung bewusst sind und ehrenvoll und vertrauenswürdig arbeiten.

Den Machern der App Skeleton System Pro III von 3D4Medical danke ich für das großartige Werkzeug, mit dessen Hilfe ich einen Einblick in die Skelettstruktur erhalten habe. Die Figur Dr. Liliane Lindenberg hätte ihre Analyse nicht so genau ausdrücken können, wäre dieses App nicht gewesen.

Hinter den Kulissen sind viele eifrige Hände am Werk, um aus einem Manuskript ein Buch zu machen. Für diesen Einsatz möchte ich mich zum Schluss ebenfalls herzlich bedanken.

Ralf Strackbein

Mordgemetzel

Tristan Irle

Zwei Dekaden Ermittlungen im Kreisgebiet Siegen-Wittgestein

Bildband – Gebunden, 18,5 x 26 cm – 136 Seiten

Einen Sommer lang besuchte der Autor Ralf Strackbein die realen Orte, an denen der fiktive Privatdetektiv Tristan Irle aus der Siegener Altstadt seit zwei Dekaden ermittelt. Mit der Kamera bewaffnet fotografierte er die ausgewählten Schauplätze. Dabei entstand eine Bildreise, die das wunderschöne Kreisgebiet Siegen-Wittgenstein darstellt. Neben diesen zahlreichen Momentaufnahmen werden weitere Informationen und Recherchematerial zu den einzelnen Tristan-Irle-Romanen abgebildet.

ISBN: 978-3-935378-30-9

Ralf Strackbein

Der Billy-Code

Roman · Taschenbuch · 296 Seiten

Bedrohlich ziehen dunkle Schneewolken von Westen heran, während sich Raphael Olofsson, ehemaliges Mitglied der Deutschen Botschaft in Stockholm, und seine Assistentin, Miriam van Heyden, auf den Weg zu einem schwedischen Möbelhaus machen. Im Möbelhaus werden sie von einem Stromausfall überrascht. Die plötzliche Dunkelheit raubt ihnen die Sicht. Dann treten sie in eine Blutlache. Nicht weit entfernt finden sie eine Leiche, die auf mysteriöse Weise ums Leben kam.
Die anrückende Polizei und der Niederlassungsleiter gehen von einem Unfall aus, doch Olofsson findet Indizien, die auf Mord hindeuten. Unterdessen ahnt keiner der Möbelhaus-Besucher, dass sich ein katastrophaler Schneesturm über das Land ausbreitet, der ein Verlassen des Möbelhauses unmöglich macht. Als die Betroffenen ihre Situation erkennen, ist es zu spät, und Olofsson fragt sich: Konnte der Mörder fliehen oder ist er mit uns eingeschlossen?

ISBN: 978-3-935378-19-2

terschaft. Doch dann verunglückt auf mysteriöse Weise ein Mitglied des Vereins. War es Mord? Diese Frage soll Tristan Irle klären. Voller Tatendrang stürzt er sich ins Spiel. Doch das Spiel ist nicht fair, und er durchschaut die heimtückische Abseitsfalle.

Tristan Irle – Das sexte Gebot (1995)

Seit Tagen ziehen Regenschauer über das Siegerland. In dicke Regenjacken gehüllt, gehen die Menschen ihren Geschäften nach. Plötzlich erschüttert des Nachts eine fürchterliche Autoexplosion die Stadt. Es gibt einen Toten. Zur gleichen Zeit findet Tristan Irle ein Findelkind in der Marienkirche. Die Polizei steht vor einem Rätsel. Haben beide Ereignisse etwas miteinander zu tun?

Tristan Irle und das Rathauskomplott (1996)

Weihnachtsmarkt in Siegen. Es ist der Beginn der Adventszeit. Plötzlich erschüttert ein fürchterlicher Fund auf dem Weihnachtsmarkt die Gemüter. Schockiert schalten sich Staatsanwaltschaft und Polizei ein. Ihnen eine Nasenlänge voraus ist eine junge Journalistin. Sie vermutet Verbindungen zum Rathaus und bittet Detektiv Tristan Irle um Hilfe. Machenschaften allerorts und der kommunale Filz drohen schließlich die Ermittlungen fast zu ersticken.

Tristan Irle – Der Braumeister (1997)

Der junge Braumeister Roland Eichbaum hat die Idee seines Lebens. Er möchte Bier in Asien brauen. Die Verhandlungen sind in vollem Gange, als plötzlich ein Mord die Bierbrauer der Region erschüttert. Bis Tristan Irle durch die trübe Suppe von Verdächtigungen eine klare Spur findet, muss er so manches Glas Bier leeren, und nicht selten beginnt die Recherche mit einem lauten: Prost! Und da ist dann auch noch ein geheimnisvoller Chiffrierschlüssel, der Tristans Ermittlungen behindert.

Tristan Irle – Gegen den Strich (1998)

Die kleine Großstadt Siegen steht im Fokus der Weltöffentlichkeit. Im Medien- und Kulturzentrum laufen die letzten Vorbereitungen auf Hochtouren für eine ganz besondere Ausstellung, als ein Siegener Künstler zu Tode kommt. Tristan Irle beginnt seine Ermittlungen, was Künstlern und anderen Kreativen gegen den Strich geht. Dann muss Irle feststellen, dass die Kunstszene genauso schillernd ist wie eine Malpalette.

Tristan Irle – Tödliche Doktorspiele (1999)

Im Arzt-Gelöbnis steht: »Ich werde meinen Beruf mit Gewissenhaftigkeit und Würde ausüben. Die Erhaltung und Wiederherstellung der Gesundheit meiner Patienten soll oberstes Gebot meines Handelns sein.« Diesen Satz haben auch die Ärzte in einem Krankenhaus in Siegen gelobt. Doch eines Morgens findet man eine tote Patientin. Und wie sich herausstellt, wurde sie falsch behandelt. Chefarzt Dr. med. Killian steht plötzlich unter Mordverdacht, doch er behauptet, unschuldig zu sein. Privatdetektiv Tristan Irle wird eingeschaltet, um den mysteriösen Todesfall zu untersuchen. Ihm gegenüber eine Schar weißer Kittel, die alle etwas zu verbergen scheinen.

Tristan Irle – Siegener Maskerade (2000)

Schriftsteller Raffael Leich trifft sich im Geheimen mit dem persönlichen Referenten des Bürgermeisters. Ein mysteriöses Bild wechselt den Besitzer, dann fallen plötzlich Schüsse. Raffael kann fliehen. Tags darauf wird Privatdetektiv Tristan Irle eingeschaltet, um zu ermitteln. Zur gleichen Zeit bereitet der Anwalt Hallenberger eine Millionen-Spende für die Stadt Siegen vor, um mit dem Geld das Projekt Apollo-Theater zu finanzieren. Steht der Mord etwa mit dem Theaterprojekt in Verbindung? Welche Rolle spielen Schriftsteller Raffael Leich und der Bürgermeister? Und da ist da noch das geheimnisvolle Bild. Im Buch enthalten: ein ausklappbarer Abzug des mysteriösen Bildes.

Tristan Irle – Eisenhart (2001)

Die Stadtkasse – so ausgetrocknet wie ein afrikanisches Wadi – treibt Stadtkämmerer Goldmann den Schweiß auf die Stirn. Sein Chef, der Bürgermeister, eröffnet unterdessen ein neues Museum und weiß selbst nicht so recht, wie er die anstehenden finanziellen Probleme lösen soll. Tristan Irle, Privatdetektiv, ist an diesem Tag einer Einladung auf das Segelfluggelände nahe der Stadt gefolgt. Dort muss er einen schrecklichen Unfall mit ansehen. Der Detektiv beginnt zu ermitteln und dabei entpuppt sich die scheinbar eingeschworene Fliegergemeinschaft als lebensgefährliche Bedrohung für Tristan und seine Freunde.

Tristan Irle – Die Fürstenjagd (2002)

Es ist Jagdsaison im Wald des Fürsten zu Widerstein. Allerlei Prominenz aus dem Ausland trifft sich nahe Bad Berleburg in einem Forsthaus, um zusammen mit Fürst Siegfried dem Wild auf die Pelle zu rücken. Vom Jagdfieber gepackt, verteilen sich die Herrschaften im Wald. Schüsse fallen und plötzlich ertönen Jagdhörner. Wenig später wird die Jagd abgebrochen, denn im Wald liegt ein Toter. Tristan Irle, Privatdetektiv, als Treiber bei der Jagd dabei, übernimmt die Ermittlungen. Die stellen sich als äußerst schwierig heraus. Die Jagdgäste aus höchsten adeligen Kreisen schweigen, bis die Beweislast immer erdrückender wird.

Tristan Irle – Lokalzeit (2003)

Die Journalisten des regionalen Fernsehsenders sind ein eingespieltes Team. Erhöhter Stress gehört bei ihrem Job zum Alltag, und da bringt es den verantwortlichen Fernsehredakteur nicht sonderlich aus der Ruhe, als ein Übertragungswagen für die aktuelle Stunde liegen bleibt. Doch als vor laufender Kamera jemand stirbt, da liegen plötzlich bei allen Beteiligten die Nerven blank. Noch ahnt keiner, dass dies der Auftakt zu einer unheimlichen Mordserie ist.

Tristan Irle, Privatdetektiv, übernimmt die Ermittlungen. Und die führen ihn überraschend zu einem großen schwedischen Möbelhaus, dessen Ansiedlung zum Interessenkonflikt mächtiger Parteien geführt hat. Schließlich drängt sich dem Detektiv die Frage auf: Hat das Rathaus etwas mit dem Mord zu schaffen?

Tristan Irle – Baum fällt! (2004)

Die heimische Politprominenz ist hocherfreut. Der brasilianische Botschafter besucht anlässlich einer Fürst-Johann-Moritz-Ausstellung die Region. Eine gute Gelegenheit die Gäste aus Übersee in den Wald einzuladen, um uralte Haubergstradition zu vermitteln. Der Botschafter ist begeistert. Weniger enthusiastisch zeigen sich die Kuratoriumsmitglieder der Ausstellung sowie die verantwortlichen Historiker, allen voran die Rektorin der Universität. Und dann endet der Ausflug für einen Gast auf mysteriöse Weise tödlich.

Tristan Irle, Privatdetektiv, beginnt zu ermitteln. Bald stellt er fest, dass die feine Gesellschaft der Ausstellungsmacher ihre eigenen dubiosen Ziele verfolgt. Und schließlich gerät der Privatdetektiv ins Schussfeld, denn im Hintergrund agiert noch der Geheimdienst …

Tristan Irle – Die zitternden Tenöre (2005)

Der Männergesangverein *„Pro Patria"* steht vor einer großen Herausforderung. Zusammen mit dem engagierten Chorleiter Gottfried Kunze möchten die Mitglieder nach 100-jährigem Bestehen endlich den Status „Meisterchor" erlangen. Sie proben, bis ihre Stimmbänder zittern, doch dann geschieht während der Probenpause ein Mord. Chorleiter und Erster Vorsitzender sind sich einig, dass dieses hinterhältige Attentat nur einer aufklären kann. Sie engagieren den Privatdetektiv Tristan Irle.

Die Tenöre verfolgen misstrauisch Tristans Ermittlungen. Je mehr der Detektiv in ein klebriges Geflecht aus Intrigen dringt, desto gefährlicher wird es für ihn. Und dann stellt sich plötzlich heraus, dass das Opfer einen berühmten Verwandten hat.

Tristan Irle – Der Killersteig (2006)

An einem herrlichen Spätsommertag trifft sich eine Gruppe Polizisten, um zusammen mit Staatsanwalt und Landrat über einen Teil des berühmten „Rothaarsteigs" zu wandern. Mit Rucksack und Wanderschuhen ausgerüstet beginnt die Wanderung im Süden des Kreisgebietes Siegen-Wittgenstein. Doch schon bei der ersten

Übernachtung kommt es zu einem tragischen Zwischenfall.

Tristan Irle, Privatdetektiv, erhält kurz darauf einen geheimnisvollen Anruf, der ihn dazu bewegt, sich der Gruppe am nächsten Tag anzuschließen. Schon bald muss er feststellen, dass nicht alle in der Gruppe so freundlich sind, wie sie vordergründig vorgeben. Als es erneut zu einem Zwischenfall kommt, ahnt der Detektiv, dass ein Mörder unter ihnen weilt.

Tristan Irle – Locht ein! (2007)

Große Aufregung unter den Golfern im Kreisgebiet. Am Vorabend der Clubmeisterschaft findet man einen Toten auf dem Golfplatz und das mitten im Wasserhindernis. Keiner kann sich so richtig erklären, wie dieser scheinbare Unfall vonstatten ging, und zum Erstaunen von Privatdetektiv Tristan Irle hält sich die Trauer um das verstorbene Clubmitglied in Grenzen.

Als der Detektiv die Ermittlungen übernimmt, kommen Hinweise zutage, die auf Mord deuten. Tristan Irle beginnt Fragen zu stellen, die erheblich mehr Aufregung erzeugen als der Start der Clubmeisterschaft. Besonders der Clubpräsident und der Spielführer fühlen sich belästigt, dann findet Irle die Tatwaffe …

Tristan Irle hat Lampenfieber (2008)

Intendant Wolferl Wanderschmied hat sich für den Saisonbeginn etwas Großes ausgedacht. Eine prächtig inszenierte, romantische Komödie mit jungen Schauspieltalenten und alten Hasen soll das Publikum zum Lachen verführen. Dummerweise überlebt einer der jungen Schauspieler die Generalprobe nicht, was eine

Kette von Ereignissen auslöst, die sich Intendant Wolferl so nicht für seine Inszenierung vorgestellt hat.

Zum Glück gehört Privatdetektiv Tristan Irle zur Schauspieltruppe. Er übernimmt die Ermittlungen. Jetzt zeigt Tristan sein wahres Talent und stöbert Intrigen auf, was ihn ins Rampenlicht führt. Doch auf den Brettern, die die Welt bedeuten, ist manches nicht so, wie es scheint, und Tristan weiß, der Mörder beobachtet die Szene ganz genau.

Tristan Irle und der Grabräuber (2009)

Ein mitternächtlicher Anruf lockt Tristan Irle, Privatdetektiv, auf den städtischen Friedhof. Etwas Ungeheuerliches ist dort geschehen – Grabschändung und Mord. Das Opfer, der Grabschänder selbst. Eine verwirrende Situation, die nicht klarer wird, als sich herausstellt, dass im geschändeten Grab ein Freimaurer liegt.

Dann klopft Lena Lamberti, eine junge Historikerin, an Tristans Haustür und behauptet Unglaubliches. Sie hat Hinweise gefunden, die zu einem geheimnisvollen Artefakt führen, das im Kreisgebiet versteckt sein soll. Zusammen gehen sie einer Spur nach, die weit in die Zeit zurückreicht, immer auf der Hut vor einem Mörder, der ihnen im Nacken sitzt.

Tristan Irle – Wo ist Marlowe? (2010)

Der NRW-Tag steht in Siegen kurz bevor. In der ganzen Stadt ist man damit beschäftigt, die nötigen Stände und Buden aufzubauen, da findet man im Oberen Schloss eine Leiche. Wenig später wird Privatdetektiv Tristan Irle zum Tatort gerufen und ein Unbekannter, der sich van Veen nennt, droht mit einem Bombenanschlag.

Das Innenministerium sowie die örtliche Polizei ist auf das Äußerste alarmiert, doch das Fest absagen will keiner.

Tristan Irle begibt sich zusammen mit ein paar Freunden auf die Suche nach dem Täter. Die Offiziellen sehen jedoch al-Qaida am Werk und ziehen ihre Kräfte zusammen. Zu allem Überfluss ist Marlowe, Tristans Kakadu, verschwunden.

Tristan Irle – Der Bienenstich (2011)

Die Eisenstraße, eine tausend Jahre alte Straße im Kreisgebiet, ist in einem desaströsen Zustand. Die Bürger des kleinen Ortes Lützel wollen die kilometerlangen Risse in der Asphaltdecke und die tiefen Schlaglöcher nicht mehr hinnehmen. Sie beschließen, etwas zu unternehmen, allen voran Paul Nöll, Ortsvorsteher und leidenschaftlicher Imker.

Zur selben Zeit genießt Privatdetektiv Tristan Irle ein paar ruhige Tage in der Pension seiner Freundin unweit des Dorfes auf dem Giller. Doch mit der Ruhe ist es schlagartig vorbei, als ein mysteriöser Todesfall die kleine Dorfgemeinde erschüttert. Politiker und Dorfbewohner sehen die publicityträchtige Aktion plötzlich gefährdet.

Keine guten Voraussetzungen für die anlaufende Ermittlung, die sich wie Honig dahinzieht. Und da gibt es noch Bienen, die stechen.

Nicht jeder der genannten Titel ist immer lieferbar. Vergriffene Titel werden in einem bestimmten Rhythmus wieder aufgelegt. Fragen Sie bitte im Einzelfall bei Ihrem Buchhändler nach, welche Titel lieferbar sind.